AF187206

Herstellung und Verlag:

BoD - Books on Demand,
Norderstedt

1. Auflage

© 2019 Charline Dreyer

ISBN: 978-3-7494-2249-4

W a v e s

Charline Dreyer

Thriller

Über die Autorin

Charline Dreyer wurde am 16.07.1997 in Berlin geboren. Die Studentin veröffentlichte im jungen Alter von elf Jahren ihren ersten Kinderroman als Selfpublisher bei booksondemand.de. Ihr damaliges Motto: Kinder schreiben für Kinder.
Darauf folgten immer wieder kleine Projekte. Auch auf Wattpad ist die zwanzigjährige aktiv.

Anfang 2018 wurde ihr erster, aufwendiger Fantasyroman bei Neobooks.com zum "Monatsfavoriten-März" gewählt.

Für Kilian.

Weil du nicht nur mein Bruder bist,
sondern auch mein bester Freund.

Das Geräusch von zerbrechendem Glas

Here I go out to sea again
The sunshine fills my hair
And dreams hang in the air.

Seeed

ADELINE

Mit herangezogenen Knien sitze ich im Sand und beobachte die Wellen, die mit ihren Schaumkronen ans Ufer rollen. Die See ist heute verhältnismäßig ruhig, auf Fuerteventura habe ich schon ganz anderes erlebt. Normal sind hohe, donnernde Wellenberge, eine unermessliche Strömung, die beim Baden sehr gefährlich sein kann und es hängt so gut wie immer Gischt über der Ebene.

Nicht so wie heute. Der Horizont zieht sich haarscharf übers Grau des Atlantiks, ich lege den Kopf in den Nacken und atme die salzige Seeluft ein, vergrabe meine Hände im feuchten Sand und nehme das Tösen der Saharawinde in mir auf. Lasse es auf mich wirken. Seufzend schließe ich meine vom Weinen verquollenen Augen, lasse die milde Abendsonne auf meine beanspruchte Haut scheinen. Ich beiße mir auf die Unterlippe, die schon wieder zu bluten anfängt. Ich bin leider der schlimmste Lippenbeißer, den es gibt. Manche haben die Angewohnheit, an ihren Nägeln zu kauen, bei mir sind es die Lippen.

Jemand räuspert sich direkt neben mir und ohne mich auch nur umzusehen, platze ich heraus: „Gott, könnt ihr mich nicht einfach alle in Ruhe ...", doch ich stutze, denn als ich aufblicke und einen verschämten Elijah neben mir sehe, wird mein Herz weich. „Oh, es tut mir so leid", stammle ich und weiche dem Blick seiner Augen aus, ihre Farbe kommt der des Ozeans vor mir sehr nahe. „Ich bin nur so ... Es ist nur ... Egal, du weißt schon."

„Ich weiß was?" Mit einem tiefen Atemzug lässt er sich neben mich in den Sand fallen und ich rücke automatisch ein Stück von ihm ab, obwohl wir den gesamten verdammten Strand für uns haben. „Dass wir beide betrogen, verarscht und hintergangen wurden?"

„Du hast das ‚seit drei Jahren' vergessen", füge ich nüchtern hinzu und vergrabe mein Gesicht in beiden Händen. Ich muss fürchterlich aussehen, aber Elijah scheint das nicht wirklich zu bemerken. Zum Teufel, er sieht selbst fertig aus, mit dem unregelmäßig gestutzten Bart, der sonst immer perfekt aussieht und dem tiefschwarzen Haar, welches so lang geworden ist, dass er es zur Zeit meist zu einem kleinen Knoten am oberen Hinterkopf zurückgebunden trägt. Er scheint nicht ganz so am Ende wie ich, eigentlich sogar noch relativ gefasst, aber ansatzweise fertig.

„Wir sollten es positiv sehen", sagt er, so zuversichtlich wie möglich, jedoch bleibt seine tiefe Stimme brüchig, „besser wir erfahren es so, als gar nicht."

Ich schnaube und strecke die Beine aus. „Den Anblick hätte ich mir sehr gerne erspart."

„Es war abartig, oder?" Er verzieht das Gesicht und gibt ein Würgegeräusch von sich. „Hat aber auch was Gutes. Jetzt würde ich sie erst recht nie wieder anfassen wollen, nachdem, was wir gesehen haben."

Tatsächlich muss ich kurz grinsen. Doch unwillkürlich schießen mir Bilder von Isabella und Joe durch den Kopf, wie sie komplett nackt auf dem Boden unserer Küche, in der kleinen gemieteten Finker aufeinander liegen und komische Geräusche von sich geben. Mein Grinsen verzieht sich zu einer angewiderten Grimasse. „Ich werde nie wieder in dieser Küche essen."

„Ich werde diese Küche nie wieder *betreten*", setzt er noch eins drauf. Wir sehen uns an und brechen in Gelächter aus. Es klingt verzweifelt, krankhaft. Ein bisschen hysterisch. Aber immer noch besser, als deprimiert vor sich hin zu grübeln, wieso sie uns das angetan haben. „Wer treibt's denn auch bitte auf dem Küchenboden?", keuche ich atemlos und wische mir eine kleine

Träne aus dem Augenwinkel.

Und noch eine. Und noch eine.

Ich hatte übergangslos vom Lachen zum Weinen gewechselt, ohne es so richtig zu bemerken.

„Ich hoffe, Joe hat sich seine beschissene Hand gebrochen", schluchze ich. Als er nämlich bemerkt hat, dass er beobachtet wird, ist er wie von der Tarantel gestochen aufgesprungen, dabei nicht gerade elegant gestolpert und auf seine eigene Hand gefallen, welche zuvor noch an der nackten Brust von Elijahs Freundin geklebt hat.

„Und ich hoffe sie verreckt an ihrem schlechten Gewissen."

„Das glaube ich kaum."

„Ich meine, nicht weil sie mich betrogen hat, sondern weil sich ihr Lover ihretwegen hoffentlich die Hand gebrochen hat." Hinzuzufügen ist, dass Joe über Isabellas ausgestrecktes Bein gestolpert ist.

Irgendwie bringen mich Elijahs Worte schon wieder zum Lachen, auch wenn ich durch den Schleier aus Tränen kaum noch sehen kann und meine Nase wie Feuer brennt. „Hast du zufällig ein Taschentuch?"

Er tastet reflexartig an den Taschen seiner Shorts, zuckt dann aber die Schultern und verneint entschuldigend. Die Sonne ist fast hinter dem Horizont verschwunden und der Wind ist nicht länger lau, sondern ziemlich frisch. Ich schlinge mich enger in meine roséfarbene Strickjacke und reibe mir über die nackten Beine.

„Ist dir kalt? Lass uns gehen." Elijah macht Anstalten aufzustehen.

„Ich gehe ganz bestimmt nicht zum Haus zurück."

„Mh."

„Nein, El!"

„Ist okay, war ein zustimmendes ‚mh'."

Ich werfe ihm einen Blick von der Seite zu. „Wir haben jetzt zwei Wochen Urlaub vor uns und ich würde schon am dritten Tag am liebsten den nächsten Flieger nach Hause nehmen", erkläre ich sachlich, male mit dem Zeigefinger Muster in den

Sand zwischen uns. Er antwortet nicht, bis auf ein weiteres „zustimmendes mh".

„Was machen wir denn jetzt? Gute Miene zum bösen Spiel?" Als ich realisiere, dass aus dem Muster ein Herz wird, fahre ich so heftig mit der Hand darüber, dass Elijah eine Ladung Sand in die Hosentasche rieselt. Verärgert steht er auf. „Ich habe keine Ahnung, Ads." Eigentlich heiße ich Adeline, aber das hat gerade ihn noch nie interessiert. Er findet meinen Namen - was sagt er immer? – zu amerikanisch, weshalb er ihn kurzerhand abgekürzt hat. Seitdem nennen mich fast alle Ady, oder Ads was gerade meine Großmutter unglaublich aufregt, da sie meinen Namen abgöttisch liebt. Aber, mal ehrlich, wer nennt seine Tochter schon Adeline Evangélie Laurine? Selbst Schuld, wenn das kein Mensch wirklich ausspricht. Und wenn sich doch jemand dazu durchringt, ihn meistens falsch betont, schreibt, was auch immer.

„Ist ja gut, ich wollte nur ..."

„Nichts ist gut! Mein bester Freund hat meine Freundin genagelt, während ich *daneben* stand!" Er ballt die Hände zu Fäusten und schießt Sand in die Luft. Zum Glück nicht in meine Richtung. „*Ex*bester Freund und *Ex*freundin",verbessert er sich murmelnd, mit zusammengebissenen Zähnen. „Hätten sie nicht wenigstens so viel Anstand besitzen können, damit bis zum Ende des Urlaubs zu warten?"

„*Anstand?*",ich gebe einen hohen Laut von mir, eine Mischung aus Lachen und Schreien. „Wenn sie schon herumvögeln müssen, dann doch bitte nicht im Urlaub, den wir zu viert seit Monaten planen!"

„Herrgott nochmal, sie hätten's einfach *gar* nicht tun sollen! Nie! Seit drei Jahren ein Verhältnis, das ist praktisch unsere gesamte Beziehung lang!", er wird immer lauter, nimmt einen Stein und wirft ihn mit einem tiefen Schrei weit in die höher werdenden Wellen, in die anthrazit-blauen Tiefen des Atlantiks. Der scheint, passend mit unserer Stimmung, auch stetig rauer zu werden.

„Ich verstehe es auch nicht", sage ich kleinlaut, ein wenig eingeschüchtert vom plötzlichen Stimmungsumschwung seitens Elijahs und des Ozeans. Die beiden miteinander gleichzusetzen, hat irgendetwas ... nostalgisch, poetisches. Vielleicht ist es auch einfach mein von Enttäuschung benebelter Verstand, aber wie er da so am Ufer steht, angespannte Arme und wehendes Haar, sieht er aus, als wäre er Teil eines Piratenstreifens. Der heiße Kapitän, der sich gegen alle Normen stellt, um die andere Seite des Ozeans zu entdecken. Der das Plündern und Töten aufgibt, um seine Jungfrau zu retten, was weiß ich. Eine ernstere und reifere Version Captain Jack Sparrows, mit weniger Kajal und ohne Rasterlocken.

„Wie konnten sie uns die ganzen Jahre über in die Augen sehen?", knurrt er, beinahe animalisch. „Mir wird übel, wenn ich daran denke, wie er Isabella ... Und wie sie ..."

Ich stehe auf, gehe einen Schritt auf ihn zu. „Hey, das bringt jetzt nichts", beruhigend lege ich eine Hand auf seinen tätowierten Unterarm. „Versuch' einfach, nicht mehr daran zu denken." Noch während ich es ausspreche bemerke ich, wie unpassend, ja gar lächerlich sich meine Worte anhören. Ich weiß schließlich selber am besten, dass es schier unmöglich ist, nicht an die grauenvolle Szene von heute Nachmittag zu denken, die sich in dieser kleinen, eigentlich so hübschen Küche zugetragen hat.

„Ich will einfach nur verstehen ... Wieso ...", seine Stimme bricht ab, als er mich ansieht. Gerötetes Gesicht, feuchte Augen. Auch ein großer Mann wie Elijah kann zerbrechlich und schwach wirken. Aber das ist okay, es macht ihn sympathisch.

Anfangs hatte ich nicht gewusst, wie ich über die Beziehung meiner besten -Ex besten Freundin - und dem damals meiner Ansicht nach für sie zu alten Kunststudenten denken sollte. Zu ihrem siebzehnten Geburtstag hatte sie ihn stolz auf ihrer Party vorgestellt und alle waren beeindruckt. Hin und weg. Neidisch. Der Schöne und die Hübsche. Er impulsiv, humorvoll, spontan und in diesem Moment lebend. Sie immer durchgeplant, sachlich, reif. Schon damals - mit siebzehn Jahren - einen konkreten Plan vom Leben gehabt.

Jeder hatte sich gefragt, ob das gut gehen würde. Aber keiner hat es je ausgesprochen. Nur nett gelächelt und viel Glück gewünscht.

Elijah Granit wirkte lustig, charismatisch und trotzdem frech. Große Klappe und nichts dahinter. Damals jedenfalls. Er war schon zweiundzwanzig, als Isabella ihr Herz an ihn verlor. Kennen gelernt hatten sie sich durch Bekannte ihrer Eltern, behaupten sie jedenfalls. Schicksal, hatte Isabella es genannt. Wenn man dran glaubt, hatte ich gesagt. Denn wir beide hatten gewusst,dass sie nicht der Mensch war (oder ist), der an Dinge wie Schicksal Gedanken verschwendet.

Zeitgleich habe ich mich in Joe verliebt, der ein Jahrgang über uns ist, beziehungsweise war. Er ist ganz anders als Elijah. Bodenständiger, sanfter, liebenswürdig und hat trotzdem immer einen intelligenten Spruch auf den Lippen. Der perfekte Schwiegersohn. Ihr wisst, was ich meine. Nun ja, umso überraschter bin ich also gewesen, als Elijah und ich mit Drinks von der Bar zurück zum Haus kamen und die beiden auf frischer Tat ertappten, wie sie den Küchenboden als, nennen wir es Spielwiese, eingeweiht hatten. Kurzum: Ich hätte es beiden nicht zu getraut, aber Joe erst recht nicht. Niemals. Aber da kann man mal wieder sehen, dass alle Menschen gleich sind. Man sollte sich am besten auf niemanden außer sich selbst verlassen. Niemandem vertrauen. Wenn es ein einmaliger Ausrutscher gewesen wäre ... Aber sie hatten uns gestanden, dass es wohl fast die ganze Zeit, nachdem wir vier uns als Gruppe zusammen geschlossen hatten, zwischen ihnen geknistert habe. „Wir wollten das nicht kaputt machen", hatte Isabella aufgebracht versucht zu erklären. „Ist euch prima gelungen", hatte ich geschrien und meinen Drink in Joes vom Sturz schmerzverzerrtes Gesicht gekippt, nur um das leere Glas danach mit voller Wucht in dieSpüle zu schleudern, wo es in tausend Scherben zerbrochen war.

Dieses Bild hat sich in mein Gedächtnis gebrannt und wird mit Sicherheit so schnell nicht verblassen: Isabella in sich zusammen gesunken auf dem Boden, versucht ihren nackten Körper mit den Armen abzuschirmen. Mein Freund – Exfreund –

ebenfalls nackt, sich die schmerzende Hand haltend und das Gesicht voll mit Pina Colada. Dann das Geräusch von zerbrechendem Glas und nicht zu vergessen Elijah, welcher einfach nur wie betäubt neben mir steht, einen Schluck von seinem Cocktail nimmt, dabei völlig abwesend Isabella anstarrt.

Das letzte war am verstörendsten gewesen. Wer nippt schon seelenruhig an seinem Getränk, während seine nackte Freundin nach ihrem Betrug vor ihm auf dem Boden hockt? Dafür kommt die Wut anscheinend jetzt. Nachträglich. Ich kenne das selber. Manchmal ist man einfach zu fassungslos, um überhaupt etwas zu fühlen. Zu viele Emotionen auf einmal, ohne zu wissen, welche sich zu erst an die Oberfläche bahnen wird.

„Sie ist ein Flittchen", presst er hervor, entzieht mir seinen Arm und sucht nach dem nächsten Stein, welchen er noch weiter hinaus aufs Meer hinaus wirft.

„Sie hätten uns einfach sagen müssen, dass sie Gefühle füreinander haben. Rechtzeitig", seufze ich, kaue schon wieder auf meiner Lippe.

„Wenn sie vorhin zur Abwechslung mal die Wahrheit gesagt haben ... Dann ging es schon los, ein halbes Jahr nachdem zwischen mir und ihr was lief!", brüllt er und wedelt wie wild mit den Armen herum.

„Ich weiß", ich sehe zu Boden und weiche einen Schritt zurück, um nicht eine seiner großen Händen ins Gesicht zu bekommen. „Demnach so ziemlich genau drei Monate, nachdem Joe und ich offiziell zusammen gekommen sind." Mein Magen schmerzt und mir wird schon wieder schwindelig.

„Verarscht haben die uns! Von vorne bis hinten und von Anfang an!"

„Ja, es war alles eine ..."

„Eine riesen große Lüge", beendet er meinen Satz.

„So ist es."

„Komm' mit", knurrt er und zieht an meinem Ärmel.

„Wohin?"

„Wir lassen uns jetzt volllaufen. Ich habe nicht um sonst All-Inclusive gebucht."

Die Poolbar, unweit vom Strand und zugehörig zu der Häusergruppe mit unserer kleinen Villa, ist hell erleuchtet und belebt. Laute Musik tönt aus allen Richtungen und glitzernde Lichtgirlanden ziehen sich über das gesamte Gelände an Gebäuden, Palmen und Büschen entlang. Ein wunderschöner Anblick, der perfekte Ort, um mit Freunden zusammen zu sein, Spaß zu haben, den kanarischen Sommer zu genießen.

Unter normalen Umständen.

„Ich weiß nicht, mir ist eigentlich nicht nach Alkohol", stöhne ich und setze mich mit ihm direkt an die Bar.

„Du hast gerade erfahren, dass dein Freund dich mit deiner besten Freundin betrogen hat und warst sogar Augenzeuge dieses entsetzlichen Aktes und willst mir sagen, dir sei nicht nach Alkohol?" Ungläubig schüttelt er den Kopf und zupft an seinem Haarknoten.

„Exfreund. Ex beste Freundin", verbessere ich, wie auch er es zuvor getan hat, zeige mit ausgestrecktem Finger auf ihn. Ohne mich zu beachten fährt er fort: „Alkohol ist eigentlich ausschließlich für Menschen wie uns *gemacht*."

„Für armselige, gedemütigte Menschen?"

„Trauernde, Verletzte, Misshandelte ..."

„Wie melodramatisch", jammere ich und verdrehe die Augen. „Vor allem, *misshandelt*."

„Und ob. Unser Vertrauen wurde ganz und gar misshandelt!"

„Das nennt sich zwar ‚missbraucht', aber heute will ich mal nicht so sein. Du bist ja völlig durch den Wind." Ich schenke ihm ein bemitleidendes Lächeln und bestelle zwei Tequila. Wenn schon, denn schon.

„Entschuldigung, Miss angehende Germanistikstudentin." Jetzt verdreht auch er die Augen, trotzdem stößt er mit mir an und kippt das Zeug herunter, ohne mit der Wimper zu zucken. Ohne Salz. Ohne Zitrone. Eiskalt und gnadenlos, einfach pur. Ich hingegen verziehe angewidert das Gesicht, was ihm ein Lachen entlockt.

„Kann ja nicht jeder so abgehärtet sein wie du", grummle ich und bestelle einen Margarita. Niemals schaffe ich zwei Shots direkt hintereinander. Anders als Elijah, der wenig später schon mehr als angetrunken ist.

„Weißt du, mich hat eigentlich so vieles an dieser Schlampe genervt",lallt er und ich sehe mich automatisch um, will ausschließen, dass sie eventuell in der Nähe sein könnte. Eigentlich Schwachsinn. Sie kann es ruhig hören. Es soll mir egal sein, ich muss nicht weiter Rücksicht auf sie nehmen.

„Zum Beispiel dieses ständige Zählen von Kalorien!" Er lacht laut auf, prostet mir zu. „Ich kann dir gar nicht sagen, wie sehr mich das genervt hat. Wusstest du, dass einhundert Gramm Apfel circa fünfzig Kilokalorien hat?" Er kippt abermals sein Getränk herunter und grinst übers ganze Gesicht, wobei sich zarte Fältchen um seine Augen bilden.

„Nein", antworte ich gedehnt.

„Eben! Wer weiß das schon? Niemand weiß so etwas. Und das ist auch gut so. Welcher verdammte Mensch will schon wissen, wieviel verfluchte Kalorien so ein hä-hässlicher Apfel hat?"

„Hä-hässlich, also?" Er bemerkt nicht, dass ich ihn verarsche.

„Aber ich- ich kann dir dank der scheiß Schlampe 'ne scheiß Tabelle machen mit allen Lebensmitteln dieser scheiß Welt und kann dir genau sagen was wieviele Kalorien hat!"

„Elijah...", setze ich an.

„Vor allem, wenn sie doch schon *ausschließlich* Grünzeug frisst, wieso zählt sie dann trotzdem noch die Kalorien?" Er gibt ein Schnauben von sich und klatscht in die Hände. Ich lache widerwillig auf, da sich beispielsweise sein ‚scheiß Schlampe' nur noch wie ‚Scheischlamme' anhört, oder weil er beim Reden ständig seinen rechten Mundwinkel nach oben zieht. Isabella sagte mal, das täte er nur, wenn er betrunken ist. Sie betonte auch, dass es ihrer Ansicht nach unsexy aussieht und Elijah dann eins zu eins einem verrückten Chemielehrer gleicht, der über ‚Moleküle und all den Bullshit' referiert. Das sind glaube ich ihre Worte gewesen. Aber ich finde diesen Tick gar nicht so tragisch, er ist ein Teil von ihm.

„Kein normaler Mensch tut so etwas, stimmt doch. Oder, Ads ...", er beugt sich so weit nach vorn, dass er fast vom Barhocker fällt, „-Ady!"

„Ich schätze, das tun mehr, als du denkst", erwidere ich lächelnd, halte ihn an den Schultern fest und richte ihn wieder auf, wie eine Marionette ohne Fäden.

„Bitte sag mir, dass du nicht dazu gehörst."

„Naja, ähm ..." Ehrlich gesagt hatte ich es schon oft versucht, jedoch nach spätestens einer Woche aufgegeben. „Nein", schließe ich also. „Einfach zu zahlenfaul." *Zahlenfaul*? Interessanter Neologismus, Adeline.

„Darauf müssen wir anstoßen!", grölt er jetzt.

„Denkst du nicht, du hattest genug?"

„Definitiv", lacht er zu meiner Überraschung. „Aber das macht die Sache nur noch spannender." Um Himmels Willen. Er schaut immer wieder über meine rechte Schulter und grinst. So auffällig und so oft, bis ich mich schließlich umsehe und eine zierliche Rothaarige in knappen Hotpants ausfindig mache. Sie lehnt an der Theke und spielt an einer Haarsträhne herum.

„Nein. Denk nicht mal daran, El", warne ich.

„Wieso denn? Wir haben beide drei Jahre nur Sex mit ein und derselben Person gehabt! Du solltest auch die Chance nutzen und dir mal etwas Abwechslung gönnen."

„Abwechslung? Das ist nicht dein Ernst." Ich würde um nichts in der Welt zugeben, dass mich derselbe Gedanke auch schon das ein oder andere mal gequält hat. Die Frage nach dem, was man verpasst. Die Frage nach dem, was man sonst noch haben könnte. Ich schüttle den Kopf, weil mir bewusst wird, wie mies dieser Gedanke im Grunde ist. Aber ich bin mir sicher, dass jeder Mensch in einer längerer Beziehung wenigstens einmal so gedacht hat. Denn so sind Menschen halt. Nicht für die Monogamie gemacht.

„Weißt du, sie hat immer diese eine Sache gemacht, während ich sie genommen habe ...", erklärt er. Ich reiße die Augen auf und will etwas sagen, doch er redet einfach weiter: „Dieses Geräusch. Wie ein Schwein. So ein Grunzen." Er versucht, es zu imitieren und schon wieder bringt er mich herzhaft zum Lachen. Auch wenn die Bilder, die dadurch in meinem Kopf hervorgerufen werden, alles andere als lustig sind. Es rutscht mir einfach so über die aufgerissenen Lippen.

„Da nützt es auch nichts, dass sie einen Körper wie Heidi Klumps hat. Das ist einfach nur abturn."

„Heidi *Klumps*?", frage ich und die Lautstärke meines Lachens entwickelt sich konstant steigend. Ja, es klingt verzweifelt und auf keinen Fall ladylike.

„Aber das ist ja noch so'ne Sache, die magert sich immer mehr ab. Anders als du."

„Wow, schön. Was möchtest du mir damit jetzt wohl sagen." Ich selbst mag meinen Körper. Ich meine, er ist in Ordnung. Ich stehe auf meine Brüste und meinen Hintern und ich habe seit zwei Jahren nicht einen einzigen Gedanken an Diäten verschwendet. Als ob diese Macke, unbedingt dünn sein zu wollen, zusammen mit tumblr-Zeiten und der Pubertät verschwunden ist. Dem Himmel sei Dank.

„Du ... Du hast solche ..." Er malt Formen mit den Händen in die Luft und fängt schon wieder zu glucksen an.

„Ist okay, Elijah. Lass gut sein." Betrunken. Er ist viel zu betrunken, hört dennoch endlich auf herum zu hampeln und lallt nur: „Ich denke, ich geh der mal ‚hallo' sagen."

Das wird mit hoher Wahrscheinlichkeit in einer Katastrophe enden. Aber, was soll ich machen? Der Mann ist fast sechsundzwanzig Jahre alt. Ich habe absolut kein Recht, mich da einzumischen. Also schaue ich ihm nur zähneknirschend hinterher. Die Rothaarige wirft kokett ihr Haar nach hinten, als Elijah sich fast lässig neben sie an die Bar lehnt, erstaunlicherweise. Ein bisschen wackelig, aber immerhin ohne umzufallen. Ich kann nicht hören, was sie sagen. Vielleicht besser so.

Seufzend wende ich mich ab und rühre mit dem Strohhalm in meinem Cocktail herum. Ich habe keine Ahnung, was das sein soll. Der Barkeeper hatte irgendetwas von „secret" und „especial" geredet, eine Art Mischmasch aus spanisch und englisch. Versteht kein Mensch, ich habe nur genickt und den Cocktail entgegen genommen.

„Eine unbekannte Substanz, schmeckt ein wenig nach Orange und stark nach Geheimnis", hatte Elijah vorhin versucht zu identifizieren. Ich sehe mich suchend um, aber er ist mit der Rothaarigen verschwunden. Na ganz fantastisch.

Wo soll ich jetzt hin? Zurück in die Villa? Zurück zu dem verräterischen Pack? Zurück zu dem Typen mit der hoffentlich gebrochenen Hand und der Scheischlamme? Apropos, ob Joe wirklich ernsthaft verletzt ist? Wie läuft das eigentlich, mit Krankenhaus im Ausland?

Mir raucht der Kopf und ich überlege, den netten Barkeeper um Asyl zu bitten. Was Joe, Isabella und Elijah können, kann ich schon lange.

***

ELIJAH

Fuck, ich habe die Kleine einfach an der Bar zurück gelassen. Mit diesem Pseudo-Barkeeper und seiner hässlichen Superman Locke, die er sich ständig aus der Stirn gestrichen hat, was Ady jedes Mal einen Seufzer entlockt hatte.

Verdammt, was haben Frauen immer mit diesen südländischen Barmixern. Ich erinnere mich, wie Isabella in unserem ersten gemeinsamen Urlaub auf Sizilien genauso ähnlich auf diese Art von Mann scharf gewesen war. Es hatte mich wahnsinnig gemacht, wie sie damals mit dem Kellner geflirtet hatte.

„Hey? Elijah? Everything okay?", quatscht diese – wie hieß sie gleich? – Jules mich von der Seite an und zieht mich wieder an sich. Ihr englisch ist noch schlechter als Adys und es regt mich mindestens genauso sehr auf. Alles regt mich auf. Ihre Küsse sind nass und sie stinkt nach Gras. Nein, schlimmer. Nach abgestandenem Bongwasser. Ich erschaudere und habe sofort Bilder aus üblen Zeiten vor Augen.

Überhaupt, was tue ich hier?!

Ich löse mich ruckartig aus ihrem klammernden Griff und taumele zwei Schritte rückwärts. Wir stehen anscheinend an der

15

Tür ihres Bungalows. Ich habe gar nichts mehr mitbekommen, verdammte Scheiße. „Sorry, Jules. I can't do this right now ... I have ...“ A girlfriend? Nein. Ich have no fucking girlfriend, weil sie my fucking best friend gefuckt hat. „Have to go. Tschüss.“ Ich drehe mich um und gehe den kleinen beleuchteten Weg entlang, ohne zu wissen, wo der eigentlich hinführt.

„Seriously?!“, keift sie mir hinterher, ihre künstlich gefärbten, roten Haare schimmern im Licht der Laternen in einem grässlichen orange. Was genau fand ich gerade noch attraktiv an ihr? „Bitch...“, murmle ich und sie schreit noch irgendetwas auf einer fremden Sprache hinterher. Vielleicht russisch. Oder polnisch? Keine Ahnung, Mann.

Mir ist schwindelig und übel. Mein Hirn wirbelt alles durcheinander, ich sehe immer wieder Bilder von Isabella und Joe, von einer weinenden Ady und dieses Geräusch. Zerbrechendes Glas, gemischt mit ihren Schluchzern. Ich habe noch nie einen Menschen so herzzerreißend weinen hören, wie Adeline vorhin. Alleine dafür hätte ich Joe am liebsten sein beschissenes Maul blutig geschlagen. Die Kleine hat ihn so geliebt. Tut es sicherlich noch. Ihre Liebe schien rein ... Anders als Isabellas es je gewesen ist.

Worüber denke ich hier nach?! Ich schüttele wild den Kopf, was sich als Fehler herausstellt. Es fühlt sich an, als würde mir eine Klinge in die Schläfe gerammt. Ich taumele nach rechts, greife ins Nichts und falle unsanft auf trockenes Gras neben den Steinweg, schaffe es nicht, mich wieder aufzurichten. Ich rolle mich auf den Rücken und kneife sie Augen fest zusammen.

Alles dreht sich. Dreht sich.

Die Grillen zirpen so laut, das Geräusch hat mich sonst immer beruhigt. Doch jetzt ist es einfach nur schmerzhaft, wie kleine, rasiermesserscharfe   Stiche in meiner Schädeldecke. „Shit ...“ Ohne mich noch weiterhin unter Kontrolle zu haben, entfährt mir ein lauter Schluchzer, lässt meinen ganzen Körper beben und ich lasse es zu. Ich lasse die Tränen zu.

Blühende Fantasien, realistische Fakten und beunruhigende Tatsachen

Gulls in the sky and in my blue eyes
You know it feels unfair
There's magic everywhere.
Seeed

ADELINE

„No, no, no", lache ich und halte dem Typen den Mund zu. „Ssscccht! Not so loud." Sagt man das so? Egal, englisch war noch nie meine Stärke. Er nimmt meine Hand, sieht mir direkt in die Augen und küsst sie lange. Ich muss wieder kichern. Eher aus Nervosität. Nicht, weil es mich in irgendeiner Weise anmacht. Wir befinden uns direkt vor unserer Villa und mir ist total bewusst, dass mich jederzeit Joe erwischen könnte, wie ich mich von einem spanischen Barkeeper abschlabbern lasse.

Perfekt. Genau das ist der Plan. Kindisch? Umso besser.

Ich schließe die Tür auf und stolpere fast über einen Gegenstand, der in der Dunkelheit auf dem Boden liegt. Isabellas Strandtasche, wie sich herausstellt, als ich das Licht einschalte. Merkwürdig, wieso liegt sie auf dem Boden? Ihr gesamter Inhalt ist im Raum verstreut. Die Fliesen glitzern nass im Licht, Wasser rinnt zwischen die Fugen. Mir bleibt keine Zeit, darüber nachzudenken, denn der Typ, sein Name ist Alejandro, packt mich von hinten und hebt mich hoch. Er küsst mich, schießt die Gegenstände auf dem Boden zur Seite und trägt mich zielstrebig zum Schlafzimmer. Woher weiß er ... Nun ja, er arbeitet in dieser Ferienanlage. Da muss er ja auch die Häuser, Wohnungen und Bungalows kennen. Wir haben hier drei Schlafzimmer, er trägt mich in das bisher ungenutzte, schmeißt mich auf das Doppelbett und beginnt, sich sein schwarzes Hemd aufzuknöpfen. Ich kichere extra laut, hoffe, dass Joe hier irgendwo ist und mich hört. „You're so hot", sage ich und ziehe Luft zwischen zusammengebissenen Zähnen ein. Tatsächlich hat er einen relativ durchtrainierten Körper, gebräunte, glatte Haut und ... Sein Blick ist unfassbar intensiv. Okay, er ist einen Kopf kleiner als ich und benutzt definitiv eine ganze Menge zu viel Haargel, aber das tut gerade nichts zur Sache. Mit nacktem Oberkörper beugt er sich über mich, sagt irgendetwas auf spanisch, was sich verdächtig nach einem Pornotitel anhört, fährt mit der Zunge über meinen Hals und zerrt an meinen Klamotten. Die leichte Strickjacke lässt sich schnell abstreifen, nur das mit dem weißen Kleid ist etwas komplizierter, es liegt an meinem Körper wie eine zweite Haut.

Mir schießen tausend Gedanken durch den Kopf. Wird Joe auftauchen und uns sehen? Was ist eigentlich mit Elijah und der Rothaarigen? Wieso liegen Isabellas Sachen verstreut auf dem Boden? Ob sie doch ins Krankenhaus gefahren sind, wegen Joes Hand?

Ich weiß genau, dass ich mich jetzt nicht auf Sex mit diesem Mann hier einlassen werde, wieso habe ich ihn dann mitgenommen? Ich spüre rein gar nichts, wenn er mich küsst, bin wie betäubt. Seine Berührungen lösen nichts, außer Unwohlsein in mir aus. Das ist nicht richtig, das sollte so nicht sein. Joe sollte rechtzeitig hereinplatzen, Alejandro von mir zerren und sich mit männlicher Eifersucht und besitzergreifender Wut zwischen uns stellen. Das ist der Plan.

Doch wo bleibt Joe? *Im Krankenhaus*, sagt mir eine kleine Stimme meines Unterbewusstseins. *Mit Isabella*, ergänzt es mit einem boshaften Lachen.

Um noch einmal genau auszutesten, ob sich tatsächlich niemand im Haus befindet, stöhne ich so laut ich kann auf, als Alejandro mit seiner Hand zwischen meine Schenkel fährt. Aber niemand kommt zur Tür hereingestürmt, kein Joe stürzt sich beschützend zwischen mich und diesen Barmixer. Nichts passiert, außer, dass er mich überrascht anschaut, mit verschleiertem Blick und selbstgefällig grinst. Dass er nur Mittel zum Zweck ist, begreift er erst, als ich ohne Vorwarnung aufspringe und übertrieben geschockt zur Uhr schaue. Mit meinem schlechten englisch versuche ich zu erklären, dass meine Eltern jede Sekunde hereinschneien könnten und ich völlig vergessen habe, dass sie ja genau um zwei Uhr nachts von einer Veranstaltung zurückkommen sollten. Realistisch, ich weiß. Welcher normale Mensch ist bis zwei Uhr nachts während seines Urlaubs auf Fuerteventura bei einem Event?

Das hatte er auch gefragt. „Save the wizards", antworte ich schnell. Zu schnell. Er schaut mich an, als sei ich komplett übergeschnappt. „Lizards! Herrgott nochmal. Ich meine lizards. Save the lizards. Eidechsen, nicht Zauberer." Ich laufe knallrot an und lache nervös. „Meine Eltern sind Mitglieder einer Tierschutzorganisation und ich weiß wirklich, wirklich nicht wie man das auf englisch sagt, aber ich bitte dich einfach nur, schnellstmöglich zu verschwinden. Please... äh ... go away. My parents will kill you. And me." Anscheinend hat er wenigstens das verstanden. Zerknirscht knöpft er sein Hemd zu und verlässt das Haus, ohne ein weiteres Wort. Stöhnend lasse ich mich im Wohnzimmer aufs Sofa fallen und vergrabe mein Gesicht in den Dekokissen. Es liegt immer noch der süßliche Geruch von Kokos und Ananas in der Luft. Widerlich. Ich kann nie wieder Pina Colada trinken. Als ich die Küche betrete, was ich ja eigentlich vermeiden wollte, spüre ich an meinen nackten Füßen, dass der Boden noch klebt und das Waschbecken voller Glasscherben ist. Nicht einmal richtig sauber gemacht, haben die. Hoffentlich kleben hier bloß die Rückstände des Cocktails und nicht ... Ja. Ich muss würgen und verlasse die Küche, stolpere ein zweites Mal über Isabellas Krempel, rutsche auf den nassen Fliesen aus und lande fast auf meinem Hinterteil, kann mich gerade so an der Sofalehne festhalten. Schluchzend lasse ich mich vollends zu Boden gleiten, wo ich, mittlerweile schon zum fünften Mal an diesem Tag in Tränen ausbreche.

***

ELIJAH

Mein Schädel brummt. Brummt. Brummt.

19

„Guck mal Mami, ein Obdachloser!"

„Das ist kein ... Sophie, komm sofort mit. Der hat bestimmt Flöhe."

„Ich will ihn aber streicheln."

„Nicht doch. Komm jetzt, sonst gibt es kein Frühstück mehr."

Keuchend öffne ich die Augen und sehe, als sich mein Blick endlich schärft, gleißendes Sonnenlicht zwischen Palmenblättern auf mich hinab scheinen. Ich will mich aufrichten und spüre einen Haufen Fell neben mir, in meiner Armbeuge liegen. Der Haufen bewegt sich jetzt und macht Geräusche, ähnlich wie die eines kleinen Motors. Eine Katze, ganz offensichtlich. Die laufen hier alle frei herum. Ich bin kein großer Katzenfan. Schnell schiebe ich sie von mir weg und sehe mich orientierungslos um. Ich bin tatsächlich gestern auf dem Boden eingeschlafen. Was für ein Absturz. Neben mir auf dem Weg steht ein kleines Mädchen mit blonden Zöpfen, starrt mich mit großen Augen an und ihre Mutter zerrt an ihrer Hand. „Er ist wach", flötet die Kleine und betrachtet mich, als sei ich ein Tier im Zoo. Oder vielleicht betrachtet sie auch einfach das Tier neben mir, was weiß ich.

„Das darf doch wohl alles nicht wahr sein."

Die Mutter räuspert sich beschämt und zieht ihre Tochter mit sich, die den Blick nicht von mir, oder der Katze, oder beidem wendet, bis sie hinter Hibisken verschwunden sind. Mein Blick wandert an dem Gewächs vor mir hinauf und bleibt an einem vertrockneten Blatt hängen. Diese Insel hat wirklich eine nicht besonders spektakuläre Vegetation. Nun ja, zumindest soweit ich das bis jetzt beurteilen kann.

Ich brauche gute zwanzig Minuten, um unsere Finka wieder zu finden. Das Gelände scheint endlos und ich bin nicht gerade bekannt für einen ausgeprägten Orientierungssinn. Adeline sitzt allein, vor ihr ein leerer Teller und eine Tasse Kaffee in beiden Händen, auf der Terrasse starrt und gen Ozean. Ein Tablett mit etlichen Lebensmitteln vor sich. Croissants, Brötchen, Obst. Bei dem Anblick dieses üppigen Frühstücks läuft mir das Wasser im Mund zusammen. „Schön, du beehrst mich also doch noch", pampt sie, ohne mich anzusehen.

„Wo sind die anderen?", frage ich, setze mich neben sie und gieße mir eine Tasse Kaffee ein. Bis auf leichte Übelkeit mit Kopfschmerzen, scheint mein Körper nicht besonders unter dem Alkohol von gestern zu leiden.

„Weg", flüstert sie so leise, dass ich es über die übliche, kanarische Brise, kaum verstanden hätte.

„Wie meinst du das, weg?"

„Weg, wie weg sein! Weg, das Adverb. Nicht da. Gegangen. Verlassen." Jetzt sieht sie mich von der Seite an, ihre Augen von der Sonne noch heller als gewohnt. Sie haben diese Farbe, die man nicht genau definieren kann. Je nach Licht. Mal eher grau. Mal eher grün. Manchmal blau. Oder wie jetzt, im Sonnenlicht. Ein zartes Türkis mit dunklen Sprenkeln versehen.

„Sollen sie doch", erwidere ich mit einem Achselzucken und trinke die Tasse mit wenigen Schlucken leer. Ich muss dringend duschen, meine Haare sind mit Grünzeug verklebt von der Nacht auf der Wiese und meine Schultern verspannt. Da hilft nur heißes Wasser. Oder eine Massage. Am besten beides. Ob Ady massieren kann? Unwillkürlich schaue ich auf ihre zarten Hände, die so klein sind, dass sie die Tasse nicht ganz zu umfassen schafft.

„Ich finde es beunruhigend", seufzt sie jetzt. Sie seufzt wirklich viel, in den letzten Stunden. Kein Wunder, eigentlich.

„Mach dir mal keinen Kopf, die kommen schon wieder. Vielleicht haben sie sich ein eigenes Zimmer genommen, um ..." Doch ich breche ab, denn ich sehe wieder diesen Schmerz in ihren Augen, den ich, wie ich bemerkt habe, noch weniger ertragen kann, als meinen eigenen. „Tut mir leid."

„Ist schon okay, du hast ja recht. Es nicht auszusprechen, macht es nicht weniger schlimm."

„Nein, ich meine ... Alles. Dass ich dich allein gelassen habe und dann die ganze Nacht weg war, ohne Bescheid zu geben." Ich senke den Blick und kratze mich am Kopf. Dieses verdammte Grünzeug. Ich habe einen halben Kräutergarten im Haar. Unter anderen Umständen, hätte Ady mich vermutlich damit aufgezogen. Das wäre eine riesige Story gewesen. Ich penne stink besoffen auf der Wiese des Feriengeländes. Unter freiem Himmel und wache mit Katze unterm Arm auf. Alle hätten darüber gelacht.

„Ach, das meinst du", sie zögert und wenn mich nicht alles täuscht, werden ihre Wangen leicht rosa.

„Was ist?"

„Nichts."

„Sicher?"

„Ich, äh ... Ich war sowieso nicht allein. Jedenfalls nicht die ganze Zeit."

Ich starre sie an. „Oh, bitte, doch nicht etwa der Kellner."

„Er ist Barkeeper", verbessert sie mich und versucht ihr Gesicht hinter ihrem rötlich, gewellten Haar zu verstecken, welches vom Sommerwind in alle Richtungen geweht wird. Diese Insel und ihr Klima. Daran würde ich mich nie gewöhnen, wenn ich hier leben müsste. Ist beinahe schlimmer, als zuhause an der Nordsee, mit dem Sturm. Nun gut, die heißen Saharawinde mit denen der kalten Nordsee zu vergleichen, ist dann vielleicht doch etwas weit hergeholt.

„Alles das gleiche", erwidere ich jetzt. Warum stört der Gedanke mich so sehr, dass der schleimige Typ ihr an die Wäsche gegangen sein könnte?

„Willst du nicht etwas essen? Ich hätte dir in deinem Zustand ehrlich gesagt gar nicht zugetraut, dass du so geistreich bist und Frühstück aufs Zimmer bestellst."

„Habe ich nicht", gebe ich stirnrunzelnd zu.

Sie legt den Kopf schräg. „Vielleicht die anderen beiden."

„Vielleicht. Jetzt gehört es jedenfalls uns", ich zögere, „ich gehe erst einmal duschen, setzt du noch einen Kaffee auf?"

„Auch wenn es mir sehr zuwider ist, dich für dein Verhalten auch noch mit Kaffe zu belohnen", ich will gerade protestieren, da sehe ich, dass sie schief grinst, „hast du Glück gehabt, da ich selbst noch dringend einen vertragen könnte."

***

ADELINE

Es ist merkwürdig. Als Elijah im Bad verschwunden ist und ich in der Küche den Kaffee aufsetze – ich habe den Boden inzwischen gewischt und das zerbrochene Glas weggeräumt – kommt es mir annähernd so vor, als hätte er wirklich die Wahrheit gesagt. Dass er auf der Wiese eingeschlafen ist, meine ich. Normalerweise ist er bekannt für seine spektakulären Ausreden, deshalb zweifelte ich seine Geschichte an. Aber er sah wirklich nach einer Nacht im Freien aus, um ehrlich zu sein. Sein gesamtes Haar ist voller vertrocknetem Gras gewesen und verkrusteter Schmutz hatte seine rechte Wange überzogen. Aber was mache ich mir überhaupt Gedanken darüber? Im Grunde ist es egal, wo er die Nacht verbracht hat. Ich bin nicht seine Babysitterin.

Mich wundert aber trotzdem, wie locker er es sieht, dass Isabella und Joe urplötzlich verschwunden sind. Ein bisschen macht mich die ganze Sache doch verrückt. Ich habe zwar noch nicht versucht, die beiden telefonisch zu erreichen – wer bin ich denn? – aber dennoch ... Irgendetwas stimmt hier nicht. Sie haben ihre Sachen nicht einmal mitgenommen. Ich habe sogar Isabellas Reisepass in ihrer Strandtasche gefunden, die gestern Nacht auf dem Boden gelegen hatte. Niemand geht doch einfach ohne seine Personalien weg, oder?

„Ist der Kaffee fertig?"

Ich fahre zusammen und hätte um ein Haar das Tablett losgelassen, welches ich in der Sekunde auf die Terrasse tragen wollte. „Ja, klar. Erschreck mich doch zu Tode", gifte ich und will ihm gerade noch mehr Beleidigungen entgegenwerfen, als ich sehe, dass er nichts anhat. Okay, bis auf ein Handtuch, welches er tief um die Hüften geschlungen trägt. Sein Haar ist nass und hängt ihm in die Stirn. Das leise Flüstern eines Deja-vus huscht mir durchs Bewusstsein, doch verschwindet wieder, ehe es irgend greifbar wird. Warum sollte mir der Anblick eines halbnackten Elijahs auch bekannt vorkommen? Schnell schüttele ich den Kopf und sage so gefasst wie möglich: „Das ging ja schnell." Ich zwinge mich, ihn nicht anzustarren. Klar, ich habe Elijah schon das ein oder andere Mal oben ohne gesehen, wir sind oft zu viert Schwimmen gewesen und alles. Aber das ist ein Weilchen her. Inzwischen haben sich die Tattoos seines rechten Armes erweitert und er scheint es mit dem Sport ernster zu nehmen, als damals. Joe hat in solchen Dingen meist immer mehr Motivation und Disziplin, obwohl es lange dauert, bis man bei ihm erste Trainingserfolge sehen kann. Elijah hingegen muss nur den einen oder anderen Monat ein bisschen stärker durchziehen und man sieht sofort die Ergebnisse. „Ungerecht, der Scheiß", hatte Joe immer gejammert. Mir ist es egal gewesen, ich finde den ganzen Kram ohnehin so überhaupt nicht wichtig. Aber dennoch, ich kann schon verstehen, wieso Elijah von allen als ‚schön' bezeichnet wird und Joe dagegen eher als ‚süß'. Diesen Unterschied habe ich immer zu ignorieren versucht. Jetzt, wo Elijah jedoch halbnackt, mit nassem Haar und als frisch gebackener Single vor mir steht und Isabella so gesehen auch nicht mehr meine beste Freundin ist ... Stopp. Ich sollte diesen Gedanken nicht weiter ausführen.

„Wenn ich allein dusche, dauert es für gewöhnlich auch nicht länger", erwidert er nun mit einem Augenzwinkern, nimmt mir das Tablett ab und geht nach draußen.

„Willst du dir nichts anziehen?", rufe ich ihm mit heißen Wangen hinterher. Was ist bloß los mit mir? Oder viel eher, was ist los mit ihm? Was sollen diese Kommentare?

„Später, wenn es dich nicht stört." Er wackelt mit den Augenbrauen und lässt seine Buchmuskeln spielen. Ja, genau das. Was soll das, er soll damit aufhören, und zwar sofort. Ich folge ihm und kann nur mit dem Kopf schütteln. Was für ein Mensch. Dass wir jetzt scheinbar alleine hier wohnen, stimmt mich nachdenklich. Ich wünsche mir nicht, dass Joe und Isabella wieder auftauchen, aber dass sie jetzt wegbleiben könnten, macht mich auch nervös.

„Mach dir keinen Kopf, Kleine. Die sind ganz sicher in ein anderes Hotel umgesiedelt und fallen da jetzt ... Übereinander her", bei den letzten beiden Worten verzieht er das Gesicht und mir wird schlecht. Das alles ist noch zu frisch, um darüber so locker zu reden. Das merkt er anscheinend auch, aber immer erst nachdem er es ausgesprochen hat.

„Ohne Reisepass?", frage ich vorsichtig und Elijah hört auf, an seinem Kaffee zu nippen.

„Was?"

Ich halte Isabellas Pass hoch, auf dem ihr definiertes, symmetrisches Gesicht abgebildet ist. Sie trägt ihr braunes Haar als strengen Bob mit geradem Pony und denkt man sich ihre Nerdbrille dazu, sieht sie aus wie eine sexy Sekretärin. Das hatte Elijah jedenfalls immer gesagt. Dazu hat sie mandelförmige, ockerfarbene Augen und hochgeschwungene Augenbrauen. Viele bezeichnen Isabella als rassig und überdurchschnittlich attraktiv. Eine italienische Schönheit. Dabei hat sie keine ausländischen Wurzeln, was niemand so richtig glaubt, der sie das erste Mal sieht. Allein schon aufgrund ihres Namens, Isabella Rosa.

„Gut, das ist wirklich seltsam." Elijah nimmt mir den Ausweis ab und dreht ihn in seiner großen Hand, als würde er ihn auf seine Echtheit prüfen.

„Ich sagte doch. Beunruhigend."

„Mal den Teufel nicht an die Wand, Ads", sagt er behutsam und legt das Dokument vor sich auf den massiven Holztisch. „Was soll denn deiner Meinung nach passiert sein?"

Ich zögere, sehe hinaus aufs Meer und blinzele der Sonne entgegen. „Überfallen? Von Einbrechern?"

Elijah fährt sich mit der rechten Hand durchs feuchte, lange Haar. „Mit Sicherheit nicht. Dann wäre das Haus verwüstet gewesen."

„Als ich ... Äh, als *wir* gestern Abend nach Hause gekommen sind, lag Isabellas Strandtasche auf dem Boden und der Inhalt war im ganzen Zimmer verstreut."

„Du machst Witze."

„Sehe ich in deinen Augen danach aus?", ich mustere ihn mit zusammen gekniffenen Augen und versuche mir nicht vorzustellen, wie er ohne dieses Handtuch aussehen würde ... Oh Gott, das darf doch wohl nicht wahr sein. Innerlich verpasse ich mir eine schallende Ohrfeige.

„Komm schon", er nimmt mein Kinn zwischen Daumen und Zeigefinger. „Du musst einen klaren Kopf bewahren. Deine Fantasie gewinnt mal wieder an Oberhand."

Ich räuspere mich und ziehe meinen Kopf weg. „Was weißt du schon von meiner Fantasie?" Ich atme zitternd aus und bete, dass er nicht mitbekommen hat, wie ich ihm gerade ziemlich deutlich auf den Schritt gesehen habe und meine Fantasie tatsächlich in diesem Moment recht blühend gewesen ist. Jedoch nicht auf die Einbrecher-Theorie bezogen.

„Du bist mir ähnlicher, als du denkst." Er hört nicht auf, mich anzusehen. „Ich kann mir gut vorstellen, was in deinem Kopf vor sich geht." Gott, hoffentlich nicht.

„Wir sind wirklich alles andere, als ähnlich", schnaube ich entsetzt und verschränke die Arme vor meiner Brust. Dabei fällt mir auf, dass ich keinen BH trage. Auch das noch.

„Wir sind beides Künstler", argumentiert er weiter.

„Du malst. Ich schreibe", erwidere ich trocken.

„Wo liegt da der Unterschied?"

Ich suche in seinen klaren Augen, worauf er aus ist. „Mh."

„Also?", hakt er nach.

„War ein zustimmendes ‚mh'!", antworte ich und kann mir ein Grinsen nicht verkneifen.

„Ach, jetzt klaust du auch noch meine Angewohnheiten", lacht er.

„Du spinnst doch." Ich schüttele den Kopf und lege mir die Arme noch fester um die Brust.

„Ob man nun mit Farbe und Stift seine Kreativität zum Leben erweckt, oder eben mit Worten, erzielt doch beides denselbigen Effekt." Er nimmt noch einen Schluck Kaffe und leckt sich die feuchten Lippen. Ich beobachte viel zu auffällig jede seiner Bewegung. „Man muss es nur richtig machen."

Völlig perplex ziehe ich beide Augenbrauen hoch. Wow, so ein Satz aus Elijah Granits Mund? Ich muss an Isabella denken, die ihn als ‚zu schwärmerisch' bezeichnet hatte und dass er manchmal ‚so pseudo-tiefgründiges Zeug von sich gibt'. Für mich klingt es jedoch nicht schwärmerisch und realitätsfern, sondern ich bin regelrecht fasziniert von dieser Seite an ihm. „Und dann dieses ständige Gefasel um diesen schwachsinnigen Blog", hatte sie immer gesagt und dabei die Augen verdreht. „Es kräht am Ende kein Hahn danach, ob er dort eine halbe Millionen Follower hat oder nicht. Realistisch gesehen zählt nur das Diplom, welches er in der Hand halten wird. Nicht diese Träumerei, ein brotloser Künstler zu werden, der seine Malereien auf Instagram mit Teenagern teilt, die eigentlich nur darauf wartet, dass er ein heißes Selfie von sich postet." Die Verachtung in ihrem Tonfall hatte mich immer etwas schockiert. Die Art und Weise, wie sie über die Leidenschaft ihres Freundes gesprochen hat. „Ich erhoffe mir nicht, dass ich so meinen Lebensunterhalt verdienen kann", hatte er immer dazu gesagt. „Es bereitet mir einfach Freude, andere Menschen zu inspirieren."

„Ja...", beginne ich nun, „im Allgemeinen hast du recht."

„Im Allgemeinen, also?" Er lächelt mich an, trinkt einen weiteren Schluck, beißt von einem Croissant ab, das ich auf dem Tablett zurückgelassen habe.

„Okay, okay. Ich bin wahnsinnig beeindruckt von deinem Statement und gebe zu, dass wir eventuell die ein oder andere Eigenschaft besitzen, die wenigstens im Ansatz ähnlich ist."

„Mehr wollte ich nicht hören", sagt er zufrieden und ignoriert gekonnt den Sarkasmus in meinem Tonfall.

Weil ich gerade auf diesen Gedanken gekommen bin, frage ich: „Wie läuft es eigentlich mit deinem Blog?"

Ein kühler Ausdruck huscht über sein kantiges Gesicht. „Pausiert."

„Wieso das denn?"

„Sie war der Meinung, ich sollte mich auf meinen Abschluss konzentrieren."

Ich verziehe das Gesicht. „Ist klar."

Nach kurzem Schweigen fügt er hinzu: „Es war unfassbar. Ich saß manchmal so rum und habe locker skizziert ... und kaum kam sie in meine Nähe ...", er lacht kurz tonlos auf, „war meine Inspiration gleich null. Wie eine kalte Dusche. Ihre Anwesenheit allein war schon ... Abstumpfend. Sie hatte eben immer eine kühle Ausstrahlung. Kontrolliert und … irgendwie glatt."

„Ihr scheint euch ja wahnsinnig begehrt zu haben", erwidere ich, aber ich kann sofort verstehen, was er meint. Seine Beschreibung trifft absolut auf meine beste … ex beste Freundin zu.

„Weißt du, die schlechten Eigenschaften eines Menschen übersieht man leider immer sehr schnell, wenn man von der Liebe berauscht ist."

„Von der Liebe berauscht?", frage ich prustend.

„Es ist doch so, oder?"

Verwirrt blinzele ich. „Ach, das meintest du ernst?" Schade nur, dass Joe ein so guter Mensch ist, dass ich scheinbar vergeblich nach schlechten Eigenschaften suchen muss. Außer natürlich der Tatsache, dass er mich betrogen hat. „Ich muss sagen, ohne die tägliche Dosis Isabella entwickelst du dich zu einem richtigen Softie." Ich kann nicht aufhören über seine Worte zu lachen und er sieht mich amüsiert an. Ich kann nicht sagen, was es ist. Aber Elijah hat etwas an sich, was mich ständig zum lächeln bringt. Eine losgelöste, lockere Art, die trotz dieser deprimierenden Situation einfach gut tut.

„Sie hat immer versucht, mich abzuhärten, das stimmt schon", sagt er jetzt achselzuckend.

„Es ist wirklich erschreckend, wie man sich von anderen Menschen beeinflussen lässt, nicht wahr?" Wieder ernst beobachte ich, wie er mit der Hand über seinen Bart fährt. Eine geschmeidige Bewegung, die ein leises Kratzen erzeugt. „Ist es", stimmt er zu und steht auf. „Mir wird das jedenfalls nie wieder passieren."

Ohne ebenfalls aufzustehen, komme ich aufs eigentliche Thema zurück und frage stöhnend: „Was machen wir denn jetzt?"

Auch wenn er ganz genau weiß, dass ich auf unser momentanes Problem „Such den Exfreund/die Exfreundin" anspiele, lenkt er gekonnt ab. „Also ... Ich weiß nicht was du machst, aber ich werde mich jetzt umziehen, schwimmen gehen und das Paradies genießen. Es ist Urlaub!" Schmunzelnd ignoriert er also erneut die Tatsache, dass Joe und Isabella offensichtlich spurlos verschwunden sind.

Weißrosa trifft auf Granit

Look at me standing
Here on my own again
Up straight in the sunshine.
Seeed

ADELINE

Das Atmen erscheint mir schwerer und schwerer, je länger sie weg sind. Es liegt etwas in der Luft, ich kann es schwer beschreiben, es elektrisiert sie und härtet sie und es verzögert irgendwie die Sauerstoffregulation in meinen Lungen, jedenfalls muss es etwas in der Art sein, denn ich sitze keuchend am Meer. Schweißperlen benetzen meine Stirn, so wie ich nach Atem ringe, meine Augen brennen vom Salzwasser, mein Haar klebt mir nass am Rücken, im Gesicht. Der Atlantik ist kühl und zog mich in seine Tiefen, je weiter ich vom Ufer abkam. Es war mir egal. Ich brauchte sie, die dunklen Wassermassen, die mich wogen und trösteten, mir das Gefühl gaben, geborgen zu sein.

Geborgenheit. Ein Privileg, welches ich mit Joe erfahren durfte. Er gab mir Geborgenheit. Zuflucht. Er war mein Fels, hielt mich und umarmte mich, wann immer es mir schlecht ging. Wo ist dieser Fels jetzt? Bei Isabella? Ich muss würgen, mein Hals ist wie zugeschnürt und ich stürze vornüber in den Sand. Ich versuche gar nicht erst, mich wieder aufzurichten, bleibe einfach liegen und warte auf die Tränen. Doch sie bleiben aus. Bis auf dieses brennende Knistern in den Lungen, als hätte ich Wasser geschluckt. Hatte ich nicht. Ich bin eine gute Schwimmerin. Ich schwimme gerne im Meer. Lieber im Ozean, als in einem gechlorten, überfüllten Pool mit abgenutzten Pflastern und Babyscheiße darin. Ich liebe es, wie mein Haar vom Salzwasser klebt, wie meine Haut schmeckt, wenn es auf mir verdunstet und wie es riecht. Herrgott, nichts riecht so gut wie das Meer.

„Hey!", schreit Elijah vom Haus aus und macht Anstalten, die hölzerne Treppe zum Strand mit einem Mal zu nehmen, einfach herunter zu springen. Als ich nicht reagiere, tut er es tatsächlich, landet sogar auf beiden Beinen aber verzieht das Gesicht, hält sich den Knöchel. Verdammter Depp. „Hey! Ads!", schreit er und humpelt so schnell es ihm möglich ist, auf mich zu. Ich liege in Embryonalstellung am Ufer, die Wellen rollen gemächlich über meine Beine, decken mich zu.

„Was?", krächze ich.

„Alles okay?"

„Sieht man doch", erwidere ich trocken.

„Also ich weiß nicht, für mich sieht es verdächtig danach aus, als würdest du sterben."

„Vielleicht tue ich das ja."

Er schnaubt und will mich am Arm hochziehen, doch ich entreiße mich ihm und drehe mich auf den Rücken. „Was machst du denn? Du bist ganz kalt."

„Ich denke über Joe nach", antworte ich wahrheitsgemäß.

„Was denn, ohne zu kotzen?", witzelt er, wieder einmal spricht er etwas aus, was unausgesprochen hätte bleiben sollen. Er ist taktlos, das hat mich immer schon an ihm gestört. Anders als Joe. Joe wusste immer, wann man besser den Mund halten sollte. Ich seufze tief, blinzele ins gleißende Sonnenlicht.

„Du holst dir einen Sonnenbrand", gibt er jetzt sachlich zu bedenken, stellt sich mir ins Licht und stützt beide Hände in die Hüften.

„Steht dir nicht, dieses Mütterliche."

„M- mütterlich? Ich geb' dir gleich mütterlich ...", er kratzt sich am Nacken, zieht grübelnd die Brauen zusammen, als müsse er meinen Kommentar nach Richtigkeit überprüfen, ob ich nicht tatsächlich ins Schwarze getroffen habe.

„Leg dich zu mir", sage ich tonlos.

„Unter anderen Umständen gerne", sagt er neckend, bemerkt dann wieder viel zu spät wie unangebracht das war und verbessert sich knapp: „Nein, das werde ich nicht."

„Warum nicht?"

„Ads ..."

„Ich will einfach verstehen, ich will wissen, warum. Ehe ich es nicht weiß, kann ich nicht mit dem Nachdenken aufhören."

„Wir fragen sie einfach, wenn sie zurückkommen", antwortet er gelassen, zuckt die muskulösen Schultern. Sein kakifarbenes Shirt sitzt eng an den Oberarmen, bedeckt die Hälfte seines obersten Tattoos. Das oberste Tattoo ... es geht von der Armbeuge bis zum Schlüsselbein. Eine Verästelung aus Buchstaben und Zweigen, Palmblättern, abstrakten Formen, nach deren Bedeutung ich immer fragen wollte. Aber jemanden nach seinem Tattoo zu fragen, hat etwas Intimes und ich wollte nie mit Elijah intim werden. Es wäre mir unangenehm. *„Wenn* sie zurückkommen."

„Nun, ihnen bleibt wohl nichts anderes übrig."

„Nicht?", ich schaue ihm in die sturmgrauen Augen und er brummt zur Antwort etwas Unverständliches. „Wenn sie entführt wurden und unseretwegen sterben, weil wir zu verletzt und zu faul waren, die Cops zu rufen ..."

„Adeline", stöhnt er kopfschüttelnd. „Jetzt reiß dich zusammen, das ist ja fürchterlich. Diese dramatischen, düsteren Gedanken, die du hast, sie werden langsam ansteckend."

„Vielleicht wirst du dir dann endlich dem Ernst der Lage bewusst", gebe ich gehässig zurück, richte mich auf und halte mir die Stirn, als ein kleiner Schwindelanfall mich erschüttert.

„Hast du heute überhaupt schon was gegessen?"

„Ja, Mom", zische ich, halte mich an seiner Hüfte fest und ziehe mich auf die Beine, schwanke kurz und er hält mich an den Schultern.

„Dass du alleine schwimmen gehst, gefällt mir auch nicht."

„Elijah."

„Die Strömungen sind nicht ungefährlich, sagte die Reiseleiterin."

„Die Reiseleiterin, der du so ausgiebig auf die Brüste geschaut hast?", frage ich zuckersüß.

„Wollte nur abwägen, ob sie echt sind." Er zieht die Unerlippe zwischen die Zähne, was irgendwie sexy ist, aber der Gedanke ist so falsch dass ich ihn schleunigst wieder verwerfe. „Du bist ein Arschloch", sage ich stattdessen.

„Ich?", er lacht bellend auf. „Ich bin also ein Arschloch, weil ich eventueller weise *aus Versehen* und *flüchtig* einen Blick riskiert habe und meine reizende Freundin ist 'ne Heilige, während sie meinem besten Freund einen bläst?"

Ew, nein, bitte keine Bilder. „Entspann' dich, kein Grund, gleich wieder auszurasten." Ich trete zurück und meine Füße sinken im nassen Sand ein, als eine Welle meine Fersen umspült. „Außerdem wusstest du zu dem Zeitpunkt noch nichts von ihrem Betrug."

„Und das soll es jetzt entschuldigen?"

Ich atme tief durch, bekomme endlich wieder besser Luft, denn diese Diskussion mit Elijah lenkt mich ein wenig von meinen tristen Gedanken ab, die sich vom tiefsten Unterbewusstsein immer schwerwiegender an die Oberfläche zu bahnen versuchen. „Nein, das soll rein gar nichts entschuldigen. Ich mein' ja nur."

„Du denkst, ich habe sie schlecht behandelt, das ist es doch."

Ich presse die Lippen zusammen, heiße Windstöße trocknen allmählich meine feuchte Haut. „Nein, das ist es *nicht*."

„Dein Blick sagt etwas anderes."

„Ich denke nicht, dass du sie schlecht behandelt hast. Du hast Isabella behandelt, wie sie behandelt werden wollte. Eine Isabella so zu behandeln, wie sie es will, ist die einzige Möglichkeit, sie bei Laune zu halten, demnach kann ich dich verstehen. Konnte dich immer verstehen." Er sieht mich aufmerksam an, wartet, bis ich weiterrede. „Aber ich denke auch, dass es genau das war, was eurer Beziehung geschadet hat."

„Was denn, dass ich unter keinen Umständen das Biest in ihr wecken wollte?" Elijah lacht wieder, hohl und oberflächlich, ein Lachen, welches einen nicht ins Herz trifft. „Dieses Biest, das will keiner sehen. Es ist hässlich und es sabbert."

„Es *sabbert*", wiederhole ich barsch.

„Ja, das tut es. Es sabbert, denn seine Eckzähne sind viel zu groß für sein Maul." Er gestikuliert vor seinem Gesicht herum.

„Mit *Biest* habe ich mir immer Schneewittchens Stiefmutter vorgestellt, oder Professor Umbridge in jung, hübsch und brünett", erläutere ich, „ich meine, kein wirkliches Biest. Kein Biest, wie monströs oder zombieartig." Oh mein Gott, ich habe gerade nicht ernsthaft *Professor Umbridge* gesagt, oder?

„Dann hast du sie nie biestig erlebt. Denn glaub mir, das Biest ist keine grazile Stiefmutter mit Zauberkräften und vergifteten Äpfeln, es ist wahrhaftig monströs und abartig hässlich."

Also doch Umbridge, will ich sagen. Kann mich gerade noch so zurückhalten. Sein Blick ist wild und es liegt ein Ausdruck in ihm, der nicht zügelbar ist. Ganz genau wie gestern Abend, als er sich in Rage geredet hat und wieder weiche ich vorsichtshalber einen Schritt zurück. Elijah Granit ist eine Naturgewalt. Unaufhaltsam mächtig, bei Ausbruch lebensbedrohlich.

„Ich habe das Biest sehr wohl gesehen, es war zehn Jahre lang meine beste Freundin. Ich kenne es dreimal so lange wie du es kennst, also erkläre mir bitte nicht, wie das Biest auszusehen hat." Während die Worte einfach so aus mir herausbrechen trete ich wieder näher, presse meinen Zeigefinger auf sein Brustbein und er starrt ihn an, als wäre er ein Vogelschiss auf seinem Shirt. „Aber verdammt, das Biest ist ein Teil von Isabella Rosa und die Frau hat Temperament, sie hat Feuer. Sie hat eine Hitze, um die ich sie immer beneiden werde und ich habe dieses Mädel geliebt, wie meine eigene Schwester." Ich hole zitternd Luft. Es stimmt, es ist die Wahrheit. Wir waren wie Pech und Schwefel. Adeline Weiß und Isabella Rosa. Wir waren Weißrosa, das Dreamteam, wir ergänzten uns einfach perfekt.

„Du hast recht, es tut mir leid." Elijah sieht gequält drein, fährt sich durchs offene, schulterlange Haar.

„Sie ist 'ne Bitch, aber sie ist 'ne verdammt heiße Bitch. Sie war meine Bitch", schluchze ich. Also doch wieder Tränen, ganz wunderbar.

„Ja, das ist sie."

„Wenn es irgendeine Bitch auf der Welt gibt, die wirklich Stil hat, dann ist sie es."

„Bis sie mit Joe gevögelt hat. Das war nicht wirklich stilvoll", entführt es Elijah. Ich antworte nicht, schaue durch ihn hindurch auf die Wellen, die stetig rauschen und sprudeln und hypnotisierend vor und zurück wiegen.

***

E L I J A H

Die Reiseleiterin ist nicht unbedingt das, was man als bombenscharf bezeichnen kann, aber sie hat echt Titten und Isabella nicht. Wenn man drei Jahre lang ein Brett küsst und dann diese wohlgeformten Süßen vor einem hin und her wackeln, dann bleibt der Blick ganz von allein an ihnen kleben.

Verdammt, ja. Das ist Arschloch hoch zehn. Schon klar. Ich hab nichts gegen kleine Brüste, im Gegenteil. Aber das, was man nicht hat, will man erst recht. So ist es eben. Ich fühlte mich schlecht dabei und mir tut es leid, dass Isabella mich beim Starren erwischt hat, aber ich bin nicht der einzige, der sich das ein oder andere Mal an anderer Leute Körper satt gesehen hat.

Isabella und der Kellner auf Sizilien. Isabella und ihr Fahrlehrer. Isabella und der Eisverkäufer aus dem Café im Kastanienpark. Isabella und Adelines Cousin. Und immer so weiter, ich könnte eine ganze Liste von Männern erstellen, denen sie schöne Augen gemacht hat, während ich daneben stand. Schweigend. Es über mich ergehen lassend. Es bringt nichts, bei Isabella etwas wie Eifersucht durchschimmern zu lassen, sie verspottet einen dafür und lacht, sie lacht immer über anderer Menschen Schwächen. Weil sie selbst keine hat.

Gut, bis auf den Kellner aus Sizilien, ihren Fahrlehrer, den Eisverkäufer aus dem Café im Kastanienpark und ... Na ja, ihr wisst schon.

Es ist nicht einfach, eine Freundin zu haben, die tadellos ist. Eine Freundin, die einen ständig kritisch mustert, abwertend kommentiert oder den Kopf über etwas schüttelt, was einem selbst wichtig ist. Mein Blog ist mir wichtig, er ist mein Leben, aber sie hat den Kopf darüber geschüttelt wobei ihr glattes, dunkles Haar um ihr kantiges Kinn gewippt ist. Ich glaube mittlerweile fast, dass sie gar nicht mehr anders kann, als kritisch zu gucken, den Kopf zu schütteln oder entnervt die Augen zu verdrehen. Ich glaube, sie ist nun einmal eine kühle Person, ohne einen Hauch von Tiefsinnigkeit, Einfühlsamkeit. Vielleicht ist es ihr selbst nicht einmal bewusst, vielleicht erscheint es ihr als völlig normal, so zu sein, wie sie eben ist.

Im Grunde ist es für uns alle normal so zu sein, wie wir eben sind.

Nicht so für Adeline. Adeline denkt über vieles nach. Sie denkt darüber nach, wie sie ist. Sie denkt darüber nach, wie andere sie sehen und es ist ihr wichtig. Sie ist Schriftstellerin, sie beobachtet die Menschen genauestens und bildet sich ein Urteil, sie nimmt jeden ihrer Makel und Fehler auf, sowie jede Eigenart und auch jeden Funken Gutes, der in einem jeden von uns schlummert. Nur, weil sie so genauestens über ihre Mitmenschen nachdenkt, meint sie, die anderen würden gleichermaßen auch über sie nachdenken. Und genau deshalb macht sie sich einen Kopf.

„Wir sollten zur Rezeption gehen, vielleicht haben sie sie dort gesehen", schlägt Ady vor und beugt sich herunter, um ihre Füße zu entsanden, was völlig lächerlich ist, denn ihr gesamter Körper ist voll von Sandkörnern.

Ich trete an ihr vorbei auf die Veranda, darauf bedacht meinen Knöchel nicht zu stark zu belasten. Kommt davon, wenn man sechs Stufen überspringt. „Ich verstehe einfach nicht, wieso du ihnen unbedingt hinterherrennen willst."

„Was hat es mit Hinterherrennen zutun, wenn man sich aus Sorge erkundigt?"

„Willst du wieder eine neue Diskussion anfangen? Denn ich kann dir sagen, unter anderen Umständen gebe ich mich nicht so schnell geschlagen."

„Musstest du jetzt schließlich drei Jahre lang tun, oder", sie formuliert es wie eine Frage, anhören tut es sich eher wie eine Aussage, „sich in Diskussionen geschlagen geben, meine ich." Klar, sie weiß schließlich, wovon sie spricht. Wenn man mit Isabella diskutiert, endet es grundsätzlich damit, dass sie recht behält. Ich lächle müde, antworte nicht, denn sie weiß schließlich, wovon sie spricht. Ja, Adeline weiß immer wovon sie spricht. Sie spricht nicht viel, aber wenn sie es tut, dann darauf bedacht, die richtigen Worte zu wählen. Sie ist die taktvollste Person, die ich kenne.

„Also, was sagst du?", hakt sie nach, immer noch dabei, ihre Füße mit einem Handtuch abzuklopfen.

„Na, ich sage das, was ich sage. Ich würde ihnen nicht zeigen, dass wir sie suchen."

„Dein gekränkter Stolz ist unfassbar."

„Das hat nichts mit gekränktem Stolz zutun. Und jetzt hör schon auf damit, allein der Sand in deinem Haar wird den Abfluss der Dusche verstopfen, da macht der an deinen Fußsohlen den Braten auch nicht mehr fett." Kopfschüttelnd entreiße ich Ady ihr Handtuch mit dem Harry Potter Schriftzug. Sie ist so ein Nerd.

„Den Braten fett?", lacht sie, wobei sie ihre Augen soweit zusammenkneift, dass ihre langen Wimpern Schatten auf die sanft gebräunten Wangen werfen, die mit winzig kleinen Sommersprossen versehrt sind. „Elijah Granit, du machst mich fertig", sie hört gar nicht mehr auf, sich über meine Redewendung lustig zu machen. Ich verdrehe die Augen und gebe ihr mit dem Handtuch einen Klaps auf den Hintern. „Autsch!", kreischt sie, krallt ihre Hände um meinen Unterarm und zerrt wie wild daran herum.

„Was soll das werden?", lache ich, ziehe ruckartig meinen Arm zurück und unsere Körper knallen aneinander.

„Tut mir leid", sagen wir wie aus einem Munde. Grinsend löse ich mich aus ihrem Griff und sie zieht sich verlegen zurück, weicht meinem Blick aus.

„Ich werd' dann mal ...", stammelt sie.

„Ja?"

„Ich dusche jetzt."

„Gut"" antworte ich schmunzelnd. „Vergiss Harry Potter nicht."

„W-was?", geistesabwesend starrt sie mich an und als ich mit dem Handtuch wedele, werden ihre Wangen rosa. Sie schnappt sich ihren peinlichen Fanartikel, von dem ich weiß, dass sie ihn aus größter Überzeugung heraus gekauft und nicht etwa aus vergangenen Kindesjahren aufgehoben hat. Als sie schnurstracks an mir vorbei huscht, komme ich nicht drum herum, mir ihre hübsche Kehrseite länger als legitim gewesen wäre, anzusehen.

***

Die Sonne wird schon vom Horizont verschluckt, als ich mich geschlagen gebe und Adeline zur Rezeption folge. Sie ist ganz aufgedreht und zwirbelt ständig eine ihrer rotblonden Haarsträhnen um ihren schlanken Zeigefinger, was mich selbst schon ganz nervös macht und als sie dem Herren am Tresen stotternd versucht, auf englisch unser Problem zu schildern, verliere ich ganz und gar die Nerven.

„Ads", setze ich an und schiebe sie sanft beiseite. „Lass mich ihn fragen." Entgeistert macht sie eine Schnute.

„Kann vielleicht *ich* Ihnen helfen, Herr Granit?" Es ist Wanda, die Reiseleiterin, die aus einer Tür an die Rezeption tritt und ihren Kollegen ablöst. Ihre schwarzrahmige Brille umrandet die grünen, runden Augen. Das blonde Haar im strengen Knoten am Hinterkopf. Ihr hochgeschlossener Blazer lässt dieses Mal keinen Blick auf ihr Dekolletee zu. Freundlich lächelnd schaut sie von mir zu Ady und wieder zurück.

„Es ist, denke ich, keine Angelegenheit, für die Sie zuständig sind-", setzt Ady an.

„Aber auch Sie haben zwei Augen, offensichtlich, deshalb können Sie uns eventuell sagen, ob Sie unsere beiden Mitreisenden zufälligerweise in den letzten vierundzwanzig Stunden irgendwo auf dem Gelände gesehen haben", schließe ich monoton, auch wenn Ady genervt ausatmet, weil ich ihr ins Wort gefallen bin.

Wanda lächelt weiter ihr feines Lächeln, ohne weiter die Miene zu verziehen. „Nein, das habe ich nicht."

„Ja, wissen Sie, sie sind nämlich unauffindbar", sagt Ady.

„Ach, was Sie nicht sagen", entgegnet Wanda nickend.

„Etwas beunruhigend, finde ich", Ady spitzt die Lippen und tippt hektisch mit der Fußspitze auf den Boden. Kann sie nicht einfach stillhalten?

„Ihre Personalien haben sie im Bungalow gelassen, demnach ... gehen wir davon aus, dass sie die Anlage nicht verlassen haben."

„Ausgecheckt hat hier jedenfalls niemand", teilt Wanda uns mit drei Klicken am Computer mit. Ady sieht mich an, einen Anflug von Panik im Gesicht. „Nur die Ruhe", forme ich mit den Lippen. Ich will gerade noch etwas sagen, als Wanda eine dünne Augenbraue hoch zieht und einwirft: „Moment, hier haben wir etwas."

„Und das wäre?" Ungeduldig zieht Ady ihre Unterlippe zwischen die Schneidezähne.

„Seit vierundzwanzig Stunden unauffindbar, sagen Sie?"

„Ja, in etwa", antworte ich.

„Wie kann es dann sein, dass eine Isabella Rosa heute morgen um neun ein großes Frühstück für zwei aufs Bungalow bestellt hat?" Wanda klickt noch einmal und noch einmal mit der Maus, „und das telefonisch vom Zimmer aus."

Verlorene Handys in Seidentuniken

No need to run and hide
It's a wonderful, wonderful life
No need to laugh and cry
It's a wonderful, wonderful life.
Seeed

ADELINE

Es ist diese Art von Stille, in der man sich an einen anderen Ort wünscht, in der man nicht sein will, die unangenehm ist und einen zu übermannen droht, noch ehe sie wieder einreißt. Elijah starrt mich an, konzentriert, als würden ihm tausend Gedanken durch den Kopf schießen. Ich kann nichts sagen, denn ich weiß genau, was gleich kommen wird.

„Wieso zum Teufel tust du so etwas? Findest du das witzig?" Seine Stimme ist erhoben und ich bin sogar froh darüber, denn sie bringt besagte Stille sogar schneller zum Enden, als erhofft.

„Ich habe nichts getan", entgegne ich, mein gesamter Körper mit Gänsehaut überzogen.

„Du rufst unten an, bestellst Essen und gibst dich als Isabella aus?" Wir stehen draußen, vor dem Pool und an der Bar beginnt das übliche Quasseln und Saufen, die Urlauber strömen in Scharen vom Abendbüffet zur nächsten Konsumanstalt, um sich ihre Absacker zu genehmigen. „Das ist absolut krank", ruft er, zwei Kinder schauen ängstlich zu ihm hoch, sitzen am Poolrand und lassen ihre Füßchen im Wasser baumeln.

„Elijah", sage ich, meine Stimme brüchig und ich spüre, wie meine Augen abermals zu tränen beginnen, glasig werden. Nicht schon wieder weinen. Nicht. Schon. Wieder. „Ich habe unten *nicht* angerufen, das musst du mir glauben. Ich schwöre es dir. Was hätte ich denn davon? Ich mache mir mehr Sorgen, als du es tust. Ich würde nicht ..."

„Ich weiß auch nicht, vielleicht gefällt es dir ja, wie sie zu sein."

„Bitte, was?"

„Du warst doch immer ganz heiß darauf, ihr Anhängsel zu spielen, wie wäre es dann wohl, einen Tag *ganz* sie zu sein. Sich als sie auszugeben, in ihrem Namen Essen zu bestellen, mit ihrem Freund ... Zeit zu verbringen."

Ich kann nicht anders, als ihn mit heruntergeklapptem Unterkiefer anzusehen. Wie er da steht, den glühend heißen, roten Sonnenuntergangshimmel im Rücken, der seinem Zorn umso mehr Ausdruck verleiht. Wie er da steht, völlig außer sich und verzweifelt, wie er all seine Wut und seine überquellenden Emotionen auf den Nächstbesten polarisiert. Die Nächstbeste, die in dem Falle ich bin. „Wie kannst du so etwas sagen", schluchze ich, „ist es das, was du über mich denkst?" Mit den Handgelenken wische ich mir wütend die Tränen vom Gesicht, die schon wieder wie Sturzbäche über meine von der Sonne verbrannten Wangen rinnen. „Ich sei ein Anhängsel? Keine eigenständige Person? Eine verrückte kleine Nachahmerin deiner gottesgleichen Freundin, deiner perfekten, in Marmor gemeißelten ...", ich hole keuchend Luft, die erschütternden Schluchzer nehmen mir den Atem und in meinen Lungen fühle ich erneut das Knistern, als würden sie sich zusammenziehen, als wäre ätzendes Salzwasser in ihnen.

Elijah kneift die definierten Lippen zu einer Linie, er streckt seine Hand nach mir aus, nur um sie gleich darauf wieder sinken zu lassen. „Nein, Ady, ich ..."

„Du verstehst es nicht, oder? Ich habe Angst. Mein Bauchgefühl sagt mir, hier stimmt etwas nicht. Wieso sollte ich dann ... So eine Psychonummer abziehen ... Ich würde nie ...", ich breche ein, lasse mich auf einer der Plastikliegen nieder und schirme mein tränennasses Gesicht mit den Handflächen ab.

„Ich weiß ... ich ... es tut mir leid, ich habe keine Ahnung, wieso ich so etwas behauptet habe, Adeline." Er kniet sich neben mich und legt mir eine warme Hand aufs Knie. „Natürlich würdest du so etwas nicht tun." Er nimmt mir meine Hände vom

Gesicht und sieht mich bedauernd an. „Ich habe auch Angst, Ads." Meine Tränen versiegen, so tröstend, wie Elijah mich ansieht und wie er meine Hände in seinen hält. Die Wärme, die er jetzt ausstrahlt, ich nehme sie gierig in mir auf. „Ich bin einfach ausgeflippt, diese ganze Sache hier ... es ist ..."

„Unheimlich", flüstere ich.

„Wir sollten wohl doch versuchen, sie telefonisch zu erreichen."

„Hast du eine Auslandsflat?"

„Nein, aber das ist unwichtig. Langsam wird die Sache hier zum ernsten Problem." Er lässt meine Hände los und steht auf, sieht zu den beiden Jungen, die noch immer ihre Füße im Becken hängen lassen und strampeln, sodass das Wasser hoch spritzt. Quiekend und lachend planschen sie um die Wette, Elijah lächelt zaghaft.

„Mein Handy ist irgendwie verschwunden, seitdem ... äh, Vorfall", sage ich schniefend und pule ein zusammen geknülltes Papiertuch aus der Tasche meiner Shorts, mit dem ich mir die Nase abtupfe.

„Ach, deines auch?"

„Jetzt sag' mir nicht, dass beide weg sind, das wäre ..."

„Wie im schlechten Film."

„Wie in einem ganz üblen Low-Budget Horrostreifen, in dem keiner der sechs Jugendlichen in der Hütte im Wald Netz hat", ergänzt Elijah.

„Das darf doch alles nicht wahr sein", ich schüttele den Kopf, wobei sich mein Nacken schmerzhaft verkrampft. „Wir suchen einfach noch einmal, notfalls benutzen wir das Telefon vom Zimmer."

„Ich denke, mit dem Telefon lässt sich nur innerhalb der Hotelanlage telefonieren, zwischen den Zimmern und den Servicepoints", sagt Elijah, ohne den Blick von den Kindern am Pool zu richten. Mir kommt in den Sinn, dass es schon etwas fahrlässig ist, sie unbeaufsichtigt hier spielen zu lassen.

„Oder wir fragen jemanden. *Irgendjemanden.* Die Olle, mit der du gestern zusammen weggegangen bist, ohne Bescheid zu sagen.“

Elijah verdreht die Augen. „Auf gar keinen Fall, bloß nicht.“ Er erschaudert. „Wie wäre es mit deinem Kellner, der wird ja wohl innerhalb seines Heimatlandes telefonieren können“, etwas bissig hört er sich schon an, als er das Wort *Kellner* gepresst über die Lippen bringt.

„Barkeeper“, korrigiere ich abermals, „und nein, der will mit Sicherheit nichts mehr von mir wissen, nachdem ich ihn in letzter Sekunde weggeschickt habe.“

„In letzter Sekunde, ehe er dich hätte nageln können?“

„Wenn du es so, äh, formulieren willst“, verlegen über seine barschen und doch so ehrlichen Worte, muss ich ein paar Mal blinzeln. Meine Augen fühlen sich dermaßen geschwollen an, ich will gar nicht wissen, wie ich wohl aussehen muss.

Als wir den Bungalow betreten, stolpere ich fast über ein Paar Flipflops, die neben Isabellas Strandtasche stehen. Ich habe die Tasche heute früh in ihr Zimmer geräumt, doch jetzt ...   „Das kann nicht sein“, flüstere ich zitternd und zeige auf den Boden. Direkt neben der Tür, die Tasche und die Schuhe, als wäre sie gerade heim gekommen und hätte sie dort platziert.

„Isabella!“, ruft Elijah und reißt jede Tür im Haus auf, stürmt durch den Flur, knallt die Türen wieder zu, stürmt noch einmal durch den Flur - noch mehr Türenknallen. „Isabella!“

„El“, ich lege ihm vorsichtig eine Hand auf die Schulter, als er das dritte Mal im Schlafzimmer nachsieht. „El, sie sind nicht zurück.“

„Warum liegen dann ihre Sachen hier?“, ruft er aus, schon wieder viel zu aufbrausend und außer sich.

„Beruhige dich, bitte.“

„Langsam vermute ich, dass die beiden uns einfach verarschen!“, schreit er, in der Hoffnung, sie könnten sich doch irgendwo verstecken und würden seine wütenden Rufe hören. Vergebens. Er reißt und zerrt an der Tasche mit dem groben Korbmuster, schüttelt ihren gesamten Inhalt auf dem Küchentresen aus. Portemonnaie, Sonnencreme, Sonnenbrille, Bikini, Parfüm - warum auch immer man das in eine Strandtasche packt -

und eine zerlesene Ausgabe von E.L. James' Fifty Stades of Grey. Dann ihre Schlüsselkarte, Lipgloss und ... ihr Reisepass.

„Hattest du den heute morgen nicht noch an dich genommen?", fragt Elijah und wedelt mit dem Dokument vor meinem Gesicht umher.

„Ja, ich habe ihn im Flur aufs Regal gelegt."

„Verdammte Scheiße", er rauft sich das Haar, „entweder, uns versucht hier irgendwer gehörig in den Wahnsinn zu treiben, oder ..."

„Oder wir selbst werden gerade verrückt."

***

ELIJAH

„Oder wir verpassen uns einfach ständig, wollte ich eigentlich sagen", murmle ich, schmeiße den Reisepass auf den Haufen Krimskrams meiner Exfreundin und wende mich von Adeline ab, die schon wieder nicht aufhören kann, mit ihren wilden Spekulationen über das plötzliche Verschwinden des Verräterpacks.

„Du meinst, wenn wir hier sind, sind sie irgendwo anders und wenn wir irgendwo anders sind, sind sie hier?"

„Das verstehe ich kurz gesagt unter *verpassen*, genau", ich komme nicht drum herum, den Sarkasmus in meinem Ton ungezügelt an ihr auszulassen. Wenn ich verzweifelt bin, schlage ich um mich und sie ist momentan unglücklicherweise das Opfer, welches meine Schläge ungebremst einkassiert. Es hat nichts mit ihr persönlich zutun, auch wenn ich sie unglaublich nervtötend finde und ihre unrealistischen, filmreifen Fantasien uns kein Stück weiterbringen. Sie kann nichts dafür. Sie ist selbst Teil dieses Konstruktes aus Lügen und Betrug, sie ist selbst verletzt, ihr Herz ist vermutlich sogar noch schwerer gebrochen, als meines. Sie schien Joe aus einer Inbrunst heraus zu lieben, die ich nie begreifen werde, denn Isabella hat die bedingungslose Liebe nicht zugelassen. Bei ihr war nichts wirklich bedingungslos.

44

Adys Nase zieht sich kraus, was bei ihr ein Zeichen bevorstehender Tränen ist, wie ich in den letzten Stunden feststellen konnte. Musste. „Hey, nicht wieder weinen", sage ich, versuche meinen Ton zu kontrollieren.

„Was soll ich sonst tun? Egal was ich sage, du tust es ab. Und dann brüllst du herum. Es ist nun mal zum Heulen, dieser ganze Urlaub ist ein Desaster ..."

„Ich weiß, du hast Angst. Ich auch, sagte ich bereits. Wenn ich Angst bekomme, werde ich ..."

„Ungestüm, wütend und unhöflich?"

„Na ja ..."

„Obwohl, Letzteres bist du offensichtlich auch im Normalzustand", gibt sie trocken zu bedenken, rümpft noch einmal die Nase, doch fängt Gott sei dank nicht wieder zu heulen an. In meiner Brust zieht es sich unangenehm zusammen, als sie mit schmerzerfülltem Gesichtsausdruck auf die Stelle des Küchenbodens starrt, wo wir Joe und Isabella gestern zusammen gesehen hatten. „Warum mussten wir auch die Cocktails holen", haucht sie. Sie klingt so erschöpft, so ausgelaugt.

„Die Frage ist eher, warum die beiden es miteinander getrieben haben, obwohl sie wussten, wir würden jede Sekunde wieder kommen."

„Vielleicht wollten sie, dass wir sie erwischen."

„Widerlich", knurre ich. „Wir sollten noch einmal nach unseren Handys suchen. Die vorletzte Idee, die ich habe, ist sie anzurufen."

„Und die letzte?", fragt sie, wobei sie sich gleich darauf räuspern muss, denn ihre Stimmbänder sind beansprucht vom Weinen.

„Die Cops rufen."

„Die spanischen?"

Ich lache und klopfe ihr mit der flachen Hand auf die runde Wange. „Nein, Dummchen, ich lasse natürlich die deutschen Beamten einfliegen, was denn sonst." Ihr ist bewusst, dass ich sie auf den Arm nehme, und wider Erwarten kann auch sie sich ein Grinsen nicht verkneifen, auch wenn sie genervt aufstöhnt und meine Hand wegschlägt. „Idiot, du verkaufst mich nicht zum ersten Mal für dumm."

„Ich denke nicht, dass du dumm bist", werfe ich ein und beginne, in meinem Rucksack zu wühlen, den ich bei der Anreise als Handgepäck mit im Flieger gehabt hatte. Doch mein Handy ist auch hier nicht aufzufinden. „Ich denke nur, dass du ein wenig von der Rolle bist."

Sie schnaubt, macht eine wegwerfende Handbewegung, während sie alle Schubladen aufreißt. „Und du nicht? Ich bin jedenfalls nicht derjenige, der hier aggressiv durch die Gegend brüllt und kleinen Kindern Angst einjagt." Sie reißt mit Gewalt Isabellas Kleidung aus den Schrankfächern, wirft und schleudert sie umher, diese segelt in kleinen Fähnchen auf den Boden herab. Isabella trägt hauptsächlich feine Seide im Sommerurlaub. Einteiler, die hauchdünn um ihren gertenschlanken Körper fließen. Tuniken und Kleider zum Binden, Stoffe, die wie goldene Wasserfälle ihre olivfarbene Haut umhüllen. Ultrasexy, fand ich jedenfalls immer. Bis gestern, als sie diese olivfarbene Haut an den Körper meines besten Freundes gedrängt hat. Als sie geschockt ihre Brüste mit den leichten Stoffen versucht hat, zu bedecken. Ich glaube, ich werde Tuniken und Kleider zum Binden nie wieder sexy finden, egal an welcher Frau.

„Was starrst du so in der Gegend herum? Hilf mir lieber", beschwert sich Ady, hat sich inzwischen ihren leeren Koffer vorgenommen.

„Wie zum Henker soll dein Telefon in deinen Koffer gelangt sein?"

„Woher soll ich das wissen, vielleicht ein Zimmermädchen, das es höflich weggeräumt hat."

„Höfliche Zimmermädchen fassen anderer Leute Wertgegenstände nicht an", schnaube ich.

„Erzähl du mir nichts von Höflichkeit", murmelt sie beinahe unverständlich, schießt den Koffer wieder unters Bett und zieht mit beiden Händen an ihrem leicht gewellten Haar. Der Anblick jagt mir kühle Schauer über den Rücken. Ich kann es nicht leiden, wenn sie sich selbst verletzt. Okay, sie schneidet sich nicht, oder irgendetwas, aber ich habe dennoch das Gefühl, dass sie den dumpfen Schmerz genießt, der ihr beim Zerren an ihren Haaren durch die Kopfhaut jagt. Oder das Brennen ihrer Lippen, wenn sie kontinuierlich mit den Zähnen an ihnen herumreißt. Oder das leise Ziehen, wenn sie mit den Fingernägeln über die Innenseiten ihrer Unterarme fährt. Aus Nervosität tun Menschen Dinge, die sie bewusst gar nicht wahrnehmen. Ich trete an sie heran und halte, nun schon zum zweiten Mal an diesem Tag, ihre Handgelenke fest. Sie lässt sie von ihrem Kopf sinken und schaut zu mir auf. Die kleine Ady, nicht einmal eins siebzig groß, anders als Isabella, die groß und schlank so ziemlich meine eigene Körpergröße erreicht. „Was bedrückt dich?", frage ich sanft und umschließe ihre Unterarme mit den rötlichen Kratzspuren, die ihre eigenen Fingernägel dort hinterlassen haben. Sie schlägt die Augen zu, atmet laut aus. „Das kannst du dir wohl selbst beantworten, Elijah", sagt sie ruhig.

„Ich meine nicht die Tatsache, dass unsere Freunde uns betrogen und allein gelassen haben."

„Sondern?"

„Sondern", setze ich vorsichtig an, „dass du allen Anschein nach noch mehr auf dem Herzen hast, worüber du nicht reden willst. Dir es nicht ansehen lassen willst. Aber weißt du was?" Ich lege meinen Zeigefinger unter ihr Kinn, wie heute früh auf der Terrasse, sodass sie mich ansehen muss. „Du kannst deinen Schmerz nicht länger vor mir verbergen, denn Leidensgenossen spüren den Kummer ihrer Mitmenschen."

„Der Schmerz ist physisch", sagt sie achselzuckend. „Es ist meine Lunge, sie brennt und schmerzt, ich will husten, doch es tut weh."

„Vielleicht hast du dir eine Erkältung eingefangen, als du gestern Abend mit dem Kleidchen am Meer gesessen hast."

„Vielleicht."

Ich hätte gerne gesagt, dass es mir auch nicht besonders gut geht. Dass meine Gliedmaßen sich schwer und bleiern anfühlen, dass mein Hals brennt und meine Augen kratzen, doch ich sage nichts. Ich schweige, denn ich will sie nicht beunruhigen.

Steine und Wunderkerzen

The sun in your eye
The Heat is in your hair
They seem to hate you
Because you're there.

Seeed

E L I J A H

Meine Handflächen reißen auf, unter der rauen Fläche des faust-
großen Steins, den ich mit einem Knurren gen Ozean schleudere, doch ich nehme das Brennen auf meiner Haut kaum mehr
wahr, denn das solche in meinen Lungen übertrifft mittlerweile
alles. Ich unterdrücke ein Husten, presse meine Zähne aufeinander und suche nach dem nächsten Stein. Ich musste herausfinden, dass das Aufprallen der Steine auf der Oberfläche des tosenden, schiefergrauen Gewässers eine beruhigende Wirkung
auf mich hat. Merkwürdig, wenn man bedenkt, dass der Atlantik, der Fuerteventura umschlingt, als vieles, wenngleich nicht
als beruhigend zu beschreiben ist.

„Wieso hast du mir das angetan, Bella?" Der Stein drückt gegen die Luftmassen, gegen den Wind, fliegt im hohen Bogen
übers Meer, reißt die Schaumkronen in Zwei, die spritzend seinem Gewicht weichen. „Isabella", korrigiere ich mich, die Stimme erhoben und affektiert, wie sie immer gesprochen hat, wenn
sie jemanden kritisiert oder verbessert hat. Sie hasst es, wenn
man ihr Spitznamen gibt. „Wieso, verdammte Scheiße, was
habe ich falsch gemacht?", brülle ich, beuge mich über die Wellen, die um meine Waden ans Ufer rollen. Ich bin knapp bis zum
Knöchel im nassen Sand eingesunken, stecke fest im schlieren-
den Grund des Meeresbodens, der von der Ebbe freigeworden
ist.

Ich benenne mich nicht nach einer billigen Teenie-Romanfi-
gur, einer Illusion, die Vampirfetischisten ganz rollig macht.

Der zwitschernde Ton, der ihren Worten immer einen Hauch Arroganz verliehen hat, hallt durch meinen Schädel und hinterlässt messerscharfe Stiche an den Innenseiten meiner Schläfen. Ich kralle meine aufgerissenen Hände um meine Stirn. Schreiend versuche ich, meine Füße aus dem Erdboden zu befreien.

Dein Bloooog, er ist nichts weiter als eine Hoffnung, die sich in deinem kleinen Hirn eingenistet hat, ein bedauernswerter Parasit. Schätzchen, du bist zwar begabt, aber tu' nicht so, als würde dir das Türen zu Welten öffnen, die du mit Sicherheit nie im Leben auch nur aus der Nähe sehen wirst.

„Ich *bin* begabt, Isabella", rufe ich hinaus aufs Meer. „Ich bin wahnsinnig begabt und ich bin etwas wert, ob du es glaubst oder nicht!" Der Boden schlingt sich um meine Unterschenkel, greift nach meinem Fleisch und zerrt an mir, nimmt mich immer weiter in sich auf. Er ist kühl und weich und ich kann kaum meine Zehen bewegen, so schwer legt er sich um mich. „Du kannst mein Selbstwertgefühl nicht mehr herunter reden, als sei es Nichts. Nie wieder. Du warst diejenige, die alles zerstört hat und das werde ich dir nie verzeihen. Diesmal bist du es, die nicht tadellos war, Isabella, *d u* allein!" Wie zur Bestätigung meiner Wut, die sich immer weiter und weiter in mir entfaltet, klatscht eine hohe Welle gegen meine Knie und bringt mich zum Wanken.

Ich habe nie verstanden, wieso du unbedingt Kunst studieren willst, deine kleinen Kritzeleien kannst du auch nebenbei online hochladen , während du Physik oder Medizin studierst, wie normale Leute mit deinem IQ Level.

„Nicht jeder Mensch kann sein Leben der Wissenschaft vermachen, sich Tag ein Tag aus der Rationalität widmen und dabei glücklich bleiben, dabei existieren, ohne währenddessen seinen kreativen Geist zu vergiften", ich rede langsam und deutlich, nicht länger laut, sondern gefasst und als würde ich tatsächlich mit Isabella diskutieren. Wähle meine Worte mit Verstand, wie es Adeline tun würde. Gerade will ich nach einem letzten Stein greifen, habe mich soweit beruhigt, dass ich nicht mehr haltlos umher brüllend mit den Armen herumfuchtele, da stoßen meine Fingerspitzen im Schlamm unter Wasser auf etwas Glattes. Ich taste danach, den Arm bis zum Ellenbogen im Schlund des Ozeans, Wellen klatschen mir gegen die Brust, Salzwasser brennt in meinen Augen, doch ich taste tiefer und weiter. Das Ding ist viereckig, hart und fühlt sich gläsern an. Ich kriege es zu fassen, greife noch fester und ziehe es an die Oberfläche. „Na, sieh' einer an", murmle ich und drehe Adys iPhone von links nach rechts. Es ist roségold und mit Sicherheit ihres, denn auf der Rückseite klebt das Symbol der Heiligtümer von Harry Potter auf dem Applezeichen.

Ich will am liebsten erneut losschreien, denn meine Gedanken, die sich bereits zum vermehrten Male zu überschlagen drohen, kreisen anschuldigend um Adelines Person. Ich habe ihr zwar geglaubt, dass sie nicht unten angerufen, und sich als Isabella ausgegeben hat, aber wieso sollte sie ihr Handy ins Meer schmeißen, um es gleich darauf mit mir zusammen im Bungalow zu suchen? Irgendetwas stimmt nicht. Ich reiße meine Füße aus den Bodenschlieren und stapfe den Strand hinauf, zur Veranda.

Es ist der Morgen des siebten Julis, der fünfte Urlaubstag und demnach der zweite, an dem unsere Freunde mysteriöserweise abgetaucht sind. Das Unwohlsein hat sich mittlerweile von Ady aus auf mich übertragen und ich erwische mich immer öfter dabei, wie meine Spekulationen über Joe und Isabellas Verschwinden Dimensionen annehmen, die nicht mehr ganz reell sind.

Ady, die Hände in die Hüften gestemmt, steht vor der offenen Bungalowtür und hört nicht auf, mit dem Kopf zu schütteln, als ich das Häuschen von der Terrasse aus betrete. „Was ist?", frage ich und verstecke ihr Handy hinterm Rücken.

„Hier", sie deutet auf einen Servierwagen, mit üppigem Frühstück darauf, der draußen steht.

„Gute Idee, ich habe einen Bärenhunger."

„Nein", sie schüttelt weiter den Kopf, immer weiter, ihr Haar fliegt ihr fluffig in die Stirn, umrahmt ihr puppenhaftes Gesicht. „Ich habe das nicht bestellt."

„Vielleicht hat Isabella am ersten Tag ohne unser Wissen für jeden Tag Frühstück bestellt, wer weiß. Kein Grund, sich wieder dafür in die Hosen zu machen."

„Hm", macht sie.

„Was denkst du denn, wieso das Frühstück wie von Zauberhand jeden Morgen hier erscheint? Weil eine durchsichtige Isabella auf dem Gelände herum geistert und uns Angst machen will?", ich ziehe den großzügig bestückten Wagen ins Haus und schließe die Tür. Bei dem Duft der frischen Croissants gibt mein Magen ein so lautes Knurren von sich, dass mein ganzer Leib vibriert. Ohne Abendbrot ins Bett zu gehen ist eine schlechte Idee gewesen. Außerdem werde ich im Allgemeinen noch wütender, noch aufbrausender, wenn ich hungrig bin. Aber wem geht es schon anders ... Oh, richtig. Isabella. Sie kann sich tagelang ausschließlich von Reiswaffeln ernähren und bleibt trotz dessen, wenn auch völlig unterzuckert, stets konzentriert.

„Was hast du da?", fragt Ady und schielt an mir vorbei, greift nach meinem Arm mit der Hand, in der ich ihr iPhone halte. Ich trete zurück und räuspere mich. „Du hast mir da etwas zu erklären", sage ich, so geduldig es mir noch möglich ist, halte ihr Handy zwischen Daumen und Zeigefinger in die Höhe.

„Wo hast du das denn gefunden?", fragt sie, offensichtlich völlig verblüfft.

„Dort, wo du es verschwinden lassen wolltest", erwidere ich und beobachte aufmerksam ihren Gesichtsausdruck, der von überrascht zu entsetzt wechselt, dann wieder überrascht und dann ... Wut? Hat sie einen Grund wütend zu werden? Ich bin oft wütend. Ich bin aufbrausend und ich gehe schnell in die Luft. Ady ist die Geduld selbst. „Du bist wütend?" Die Frage entfährt mir völlig unkontrolliert und wirkt bei ihr wie Öl im Feuer.

„Es reicht, Elijah." Sie reißt mir ihr Telefon aus der Hand und stürmt an mir vorbei.

„Was reicht?", ich halte sie am Arm fest.

„Du machst dich langsam so lächerlich! Was glaubst du denn, was ich hier tue? Dass *ich* unsere Exfreunde entführt habe? Dass *ich* die Verrückte Bitch bin, die ihr eigenes Handy in den Ozean

51

wirft? Warum bei Gottes Namen sollte ich das tun?" Ihre Stimme überschlägt sich, sie schreit mir direkt ins Gesicht und ich bin so perplex, dass erst Sekunden später durchsickert, was sie gerade gesagt hat. „In den Ozean wirft", wiederhole ich ihre Worte.

„Was?", zischt sie, die Augen vor Wut aufgerissen. So rund und so blau, in diesem Moment die pastellene Farbe aquamarinen Himmels.

„Ich habe dir nicht gesagt, dass ich es im Ozean gefunden habe."

Adeline schüttelt wieder den Kopf, wieder und wieder. Kann sie nicht endlich damit aufhören? Nicht mit dem Kopfschütteln, sondern mit dem Lügen. „Warum sagst du mir nicht die Wahrheit?", frage ich ruhig. Es ist eine Premiere, dass ich derjenige von uns beiden bin, der nicht wie ein Wahnsinniger herumschreit.

„Ich ... ich sage die Wahrheit. Es ist nur ...", sie schaut das Handy an, als wäre würde sie sich vor ihm fürchten. „Es ist nur, ich kann mich erinnern, wie es ins Meer fiel. Aber nicht wann und warum."

„Warum fällt dir das erst jetzt wieder ein?", will ich wissen, lasse ihren Arm los und lege den Kopf schräg, versuche, anhand ihrer Körpersprache irgendeine Art Anzeichen von Nervosität zu finden. Irgendetwas, ein Indiz einer ausgesprochenen Unwahrheit. Sie kann nicht lügen, soweit kenne ich sie. Sie wird rot und kann einem nicht in die Augen sehen, ihre Unterlippe beginnt zu zittern, sie fährt sich nervös durchs Haar. Doch nichts davon nehme ich in diesem Moment wahr. Nichts, außer dieser Angst, die sich zäh und erbarmungslos, immer weiter und immer erfolgreicher auf mich zu übertragen scheint. Etwas an Adeline berührt mich, verbindet mich mit ihr und ich kann beim besten Willen nicht beschreiben, was es ist. Ob es allein die Situation ist, die wir teilen, oder etwas Tiefgründigeres, es ist mir nicht im Klaren.

„Erst, als ich es gesehen habe."

„Als du was gesehen hast."

„Mein Telefon. Ich habe mich erinnert, als du es mir gezeigt hast", sagt sie fest.

„Du willst mir also erzählen, dass du bis dahin vergessen hast, dass dein Handy ins Meer gefallen ist?", hake ich nach.

„Genau das, ja." Sie verzieht das Gesicht, schüttelt ihr iPhone und klopft mit den Fingernägeln auf die glatte Oberfläche. „Es ist kaputt."

„Würde mich wundern, wenn nicht."

„Also glaubst du mir?", fragt sie, sieht mich flehend an.

„Ich glaube mir selbst langsam nicht mehr."

***

ADELINE

Wunderkerzen sind hübsch und so ziemlich das einzige, was ich an Silvester leiden kann. Es ist primitiv, dass Menschen Böller anzünden, wegschmeißen und sich auf einen lauten Knall freuen. Es ist primitiv, dass man Millionen für Feuerwerkskörper ausgibt, die zwanzig Sekunden lang hübsch aussehen, die wortwörtlich ausgegebenes Geld vor der Leute Augen in Flammen aufgehen lassen. Es ist primitiv und rückschrittlich und dumm und ich hasse es.

Aber Wunderkerzen sind hübsch. Das kleine, fast lautlose Funkensprühen. Das Glimmen, und Zucken der sternförmigen Flamme. Der kurze und einzige Moment, in dem sie zum Leben erwachen und einem mit ihrer Schönheit Freude bereiten. Jede Blicke auf sich ziehen, obwohl sie nur so klein, und nur so bedeutungslos wirken zwischen all den großen Feuerwerken und all den lauten Böllern.

Meine Erinnerung ist eine Wunderkerze, die kurz und scharf meinen dunklen Geist erleuchtet, zuckend und sprühend kleine Zacken heißer Glitzersternchen in mein Bewusstsein rammt, nur um gleich darauf wieder vollends zu erlöschen. Als Elijah mir das Handy reichte, glomm etwas im tiefsten Eckchen meines Hinterkopfes auf, schrie ohrenbetäubend laut um Aufmerksamkeit und als ich gerade dazu bereit war zuzuhören, verstummte es.

„Ich weiß, wie sich das anhören muss, du brauchst nicht so zu tun, als würdest du mir glauben", erkläre ich später am Tag, nachdem Elijah mir die ganze Zeit über aus dem Weg gegangen ist. Dieser schöne Mann, der schöne Elijah mit dem schönen Namen liegt in der Nachmittagssonne und versteckt die Hälfte seines schönen Gesichts mit einer schönen Sonnenbrille. Ohne sich zu regen antwortet er: „Wir sollten abreisen."

„Wie meinst du das, wir sollten abreisen?"

„Ich habe keinen Spaß hier und ich bin nicht der Typ dafür, Dinge zu tun, die mir keinen Spaß machen."

„Was du nicht sagst", schnaube ich. „Das bedeutet jetzt also, wir lassen die beiden hier zurück, buchen den nächstbesten Flug nach Hause und lassen die letzte Woche, die wir mit unseren gesamten, erbärmlichen Ersparnissen finanziert haben einfach verfallen?"

Elijahs Lippen zucken kaum merklich und er erwidert gelangweilt: „Hast du einen besseren Vorschlag?"

Meine Haut brennt unter der Hitze der aggressiven Sonnenstrahlen, keuchend schirme ich mein Gesicht mit der Hand ab. „Sie müssen einfach hier sein. Entweder das, oder ..."

„Oder?" Er steht ruckartig auf und nähert sich mir bis auf wenige Zentimeter, baut sich mit seiner vollen Größe vor mir auf. Der große, schöne Elijah. Der unberechenbare, wütende Typ mit dem Feingefühl eines Gorillas und dennoch dem wohl größten Talent, das ich je bei irgendjemandem erlebt habe. Egal was er berührt, es wird zu Kunst. Selbst Isabllas elfengleiche Gestalt schien mit seiner Gegenwart, mit seinen Berührungen, noch graziler zu werden. Wie eine Marmorstatue, nur voller Leben und mit einer Eleganz an sich, für die ich töten würde. Töten würde ...

„Oder, im Bungalow spukt es", schließe ich, blicke zu ihm hoch.

„Schon wieder irgendwelche Schuhe im Flur gefunden?"

„Nein ...", setze ich an. „Versprich mir, nicht auszuticken." So vorsichtig wie möglich lege ich meine Hände auf seine Schultern, die sich unwillkürlich anspannen. Er hat eine Abneigung gegen mich, warum? Was ist es, was ihn so misstrauisch macht, was ihn meine Glaubwürdigkeit anzweifeln lässt? Ich habe bis zu diesem Urlaub nur indirekt und ausschließlich wegen Isabella mit ihm im Kontakt gestanden. Er war eben Teil unserer Gruppe, das hat mir jedoch keinen Grund gegeben diesen Mann zu erforschen, hinter seine zornige Fassade zu blicken oder ihn in irgendeiner Weise zu verstehen. Ich habe ihn ganz neutral betrachtet, als Freund meiner besten Freundin. Besteht eventuell die Möglichkeit, dass es ihm anders mit mir ging? Dass er mich nicht neutral betrachtet hat, mich nicht einfach als Freundin seines besten Freundes gesehen hat? Aber habe ich ihm je einen Anlass dafür gegeben? Nicht, dass ich wüsste. Ich bin immer höflich gewesen, habe ihn nett behandelt, es gibt absolut keinen Grund dafür, warum er sich jetzt so benimmt.

„Ich ticke nicht aus." Seine Stimme ist zwar barsch, aber seine Augen, hinter den dunklen Gläsern seiner Brille, blicken sanfter, da bin ich mir sicher.

„Es passieren merkwürdige Dinge. Gegenstände sind plötzlich nicht mehr dort, wo ich sie hingelegt habe. Die Kleider von Isabella, die ich gestern Abend durch den Raum geschmissen habe ..."

„Waren aufgeräumt, ja. Habe ich auch schon gesehen."

„Hast du sie weggeräumt?", frage ich hoffnungsvoll.

„Nein", er runzelt die Stirn und ich lasse seine Schultern los, trete zurück. „Vielleicht hast *du* es ja getan, es nur wieder vergessen", sagt er verächtlich und macht eine wegwerfende Geste.

„Elijah", sage ich warnend. „Bitte, hör doch endlich auf!"

„Wie soll ich denn? Wie soll ich damit aufhören?", er löst den Knoten an seinem Hinterkopf und streicht das rabenschwarze Haar zurück. „Ich habe das Gefühl, jede merkwürdige Sache hier ist mit einer noch merkwürdigeren Handlung deinerseits verbunden."

„Keine Sache hier ist mit mir verbunden. Das mit dem Handy. Das war das Einzige! Vermutlich war ich an dem Abend des Betrugs so durch den Wind, dass es mir ... keine Ahnung, irgendwie aus der Tasche gefallen ist."

„Aus welcher Tasche denn, du hast ein Kleid getragen!" Ich sehe, wie er sich darum bemüht, nicht die Beherrschung zu verlieren.

„Ich trug eine Jacke, weil es windig war", antworte ich ruhig. „Dass Handys aus Jackentaschen fallen ist ja nichts Ungewöhnliches."

Er runzelt die Stirn, schaut angestrengt an mir vorbei. „Das heißt, du weißt also noch, dass du das Handy in der Jackentasche dabei hattest? Oder kannst du dich daran auch nicht mehr erinnern?" Er schiebt sich die Sonnenbrille auf den Kopf, sieht mich herausfordernd an.

„Na ja", ich schaue herab auf meine Hände, verschlinge meine Finger ineinander. „Ich glaube, es ist mir aus der Hand gefallen."

„Was soll das heißen, du *glaubst*?"

„Irgendwie sind meine Erinnerungen an den Abend verschwommen. Du musst das verstehen, ich ..."

„Ist schon okay, Ads", beschwichtigend, das erste Mal endlich etwas mitfühlend, kommt er mir wieder näher und diesmal weiche ich zögernd zurück. Als habe man in ihm einen Schalter umgelegt, wirkt er auf einmal einsichtig. „Ich habe ebenfalls etwas Merkwürdiges bemerkt, um ganz ehrlich zu sein."

„Was denn?", will ich wissen.

„Das Waschbecken."

„Jetzt lass dir nicht alles aus der Nase ziehen", beschwere ich mich.

Elijah reibt sich den Nacken, ein Zeichen innerer Unruhe. Ein Zeichen, dass der Grund seiner Nervosität nicht einfach mit Wut abzutun ist, dass es etwas ist, was ihn ernsthaft beschäftigt. „Das Wachbecken in der Küche, es war voller Blut."

„Voller Blut?"

„Ich dachte, du hast dich vielleicht geschnitten, als du die Scherben aufgeräumt hast."

„Habe ich nicht. Das Waschbecken war sauber."

„Das dachte ich mir schon."

„Du verarschst mich doch", stöhne ich atemlos und wäre wahrscheinlich zur Seite gekippt, hätte er mich nicht am Arm festgehalten.

„Ich wollte dem ganzen keine große Beachtung beimessen, aber langsam glaube ich, dass irgendwer uns hier in den Wahnsinn treiben will", erwidert Elijah, ohne meine Worte zu beachten. Seine großen Hände schließen sich fest um meine Oberarme, denn ich wanke schon wieder. Mein Kreislauf ist völlig im Eimer. „Ich denke, du könntest vielleicht doch recht haben, Ads. Hier stimmt irgendetwas nicht und wir sollten schleunigst von hier verschwinden."

Eintausend Mal

And I need a friend

Oh, I need a friend

To make me happy

Not stay on my own .

Seeed

A D E L I N E

„Glauben Sie, Sie haben Isabella Rosa ermordet?"

Was sind das für Worte, die ihr so leicht, viel zu einfach über die Lippen gehen, als bedeuteten sie nichts. Als würden sie nichts ändern. Als wären sie nicht Bestandteil eines Großen Ganzen, das mein Leben für immer verändern würde.

Was wäre, wenn? Was wäre, wenn das der Grund für ihr plötzliches Verschwinden ist. Der Grund, weshalb Elijah mir so sehr misstraut. Der Grund, weshalb ich tatsächlich unten angerufen und mich als sie ausgegeben habe. Der Grund, weshalb ich für das Entsorgen seines und meines Telefons verantwortlich bin. Der Grund, weshalb noch Blut am Wachbecken war, obwohl ich dachte, es gereinigt zu haben? Der Grund, weshalb ich mich scheinbar an meine eigenen Handlungen nicht mehr erinnere.

Dissoziative Amnesie. Ein durch ein traumatisches Erlebnis eingetretener Gedächtnisverlust. Muss das Unterbewusstsein einen zwingend vor einer erlebten Grausamkeit beschützen, die einem angetan wurde ... oder tut es das auch bei einer Erinnerung an eine selbst begangene, grausame Tat? Kann ein Mensch so wütend werden? So voller Hass, voller Eifersucht, dass ihn das zum Mörder werden lässt? Ein Mensch, der sein Leben lang nicht einmal dem kleinsten Insekt einen Flügel krümmen konnte? Kann ein solcher Mensch, vergiftet von unbändigem Zorn und einem tiefgreifenden Hass zu einem Diener der Hölle werden, sich in den dunkelsten Abgrund führen, sich vereinnahmen lassen vom Bösen und ... Kann dieser Mensch in der Lage sein, jemanden zu töten?

Kann ich dazu in der Lage gewesen sein?

Wanda lächelt ihr schmallippiges Wanda-Lächeln, trägt ihren viel zu strengen Dutt, wie es niemand anderes könnte und schaut mich unentwegt an. „Nur Sie allein können wissen, was Sie getan haben. Menschen dazu zu bewegen, etwas zu sehen, was sie nicht sehen wollen - das ist eine Kunst, die niemand beherrscht. Weder Gott, noch der Teufel, noch ich. Trotzdem versuche ich es, Tag für Tag."

„Sie sind übergeschnappt, oder?", frage ich, die Stimme gesenkt und über den Tresen der Rezeption gebeugt. Das Gespräch hatte so gewöhnlich angefangen, eine normale Konversation zwischen Urlauberin und Reiseleiterin, ich habe nicht die geringste Ahnung, wie es sich in solch eine Absurdität verwandeln konnte. Ich hatte beschlossen, ohne Elijah zur Rezeption zu gehen und ein Telefon zu besorgen, mit dem wir unsere Exfreunde eventuell erreichen könnten. Doch dann fing Wanda an, wie eine Sektenanführerin auf mich einzureden und mich irgendeinen Bullshit zu fragen.

„Hören Sie, ich möchte nur telefonieren. Geben sie mir einfach ein verdammtes Telefon und ich lasse Sie in Ruhe, Sie können weiter herumalbern, mit ihren geschwollenen Reden über Gott und den Teufel und ich kann zu meinem Freund zurückkehren und ihm endlich einmal eine gute Nachricht übermitteln. Das wäre doch ein Deal, oder nicht?"

„Dass Sie glauben, sie hätten ihre Freundin ermordet ändert nichts an Ihrem Bewusstsein zu der Lage, in der Sie sich hier befinden? Es ändert rein gar nichts an Ihrem Empfinden gegenüber sich selbst oder an der Beziehung, die Sie zu Elijah haben?", sie spricht laut, viel zu laut, ich sehe mich gehetzt in der Lobby um, doch niemand beachtet uns.

„Keine Sorge, die kümmern sich nicht um uns", sagt Wanda, als sie meine Nervosität bemerkt.

Völlig perplex starre ich sie an. „Also, erst einmal geht Sie das überhaupt nichts an. All das", ich wedele mit den Händen in der

Luft herum, „all das hat Sie überhaupt nicht zu interessieren! Davon mal abgesehen, ich habe keine *Beziehung* zu Elijah. Und ich glaube nicht, Isabella *ermordet* zu haben, was bilden Sie sich ein?!" Dass sie mit ihrer unangebrachten Frage ins Schwarze getroffen hat, kann sie ja nicht wissen. Oder doch? Irgendetwas stimmt hier nicht. Irgendetwas stimmt nicht mit dieser Wanda, mit dieser Hotelanlage, mit diesem ganzen Urlaub. Hier geht etwas vor, was ich mir nicht erklären kann, vielleicht liegt es auch an der Insel oder es ist mein Verstand, der mir einen Streich spielt, aber so wie Wanda jetzt vor mir steht und Dinge ausspricht, die ich davor nicht einmal zu denken gewagt hatte ... Ob sie eine Hexe ist? Irgendeine kranke Hexe aus so einer Ökosekte, die Jugendliche in eine Hotelanlage entführt und Psychoexperimente an ihnen ausübt?

Mein Herz beginnt zu rasen, und diese lähmende Angst kriecht durch jede meiner Venen. Ich bin mir jetzt sicher, so sicher - diese ganze Sache hier stinkt zum Himmel. Elijah hat es vorhin endlich erkannt. Ich habe es von Anfang an gewusst.

„Sie haben ihn eben als Ihren Freund bezeichnet. Ist das der Grund, weshalb Sie Isabella gehasst haben? Weshalb Sie sogar selbst glauben, Sie hätten etwas mit ihrem Verschwinden zutun? Waren Sie schon immer eifersüchtig auf Ihre Beziehung zu Elijah?" Sie redet schnell und tonlos und ich kann nicht aufhören, fassungslos mit dem Kopf zu schütteln. Wie konnte es dazu kommen, dass meine Reiseleiterin mit mir spricht wie eine Psychotherapeutin? Ich habe nach dem beschissenen Telefon gefragt, welches sie mir unter keinen Umständen zur Verfügung stellen wollte und dann hat sie mich gefragt, ob ich glaube, Isabella ermordet zu haben. Mir raucht der Schädel und ich fahre mir mit beiden Händen durchs verknotete Haar. „Wanda ...", setze ich langsam an und sie beugt den Kopf leicht nach vorn, eine Aufforderung für mich, weiterzureden. „Wanda, was ist das hier?" Zitternd lehne ich mich wieder über die glatte Marmorfläche der Rezeption.

„Das Palma De-", ich unterbreche sie mit einer scharfen Handbewegung und zische: „Ich meine nicht das verdammte

Hotel, Herrgott nochmal! Was ist *das hier*?!" Beide Hände über dem Kopf ausgestreckt funkele ich sie an.

Bedauernd schüttelt die hübsche Blondine den Kopf. „Das kann ich Ihnen nicht sagen, Kleines. Antworten müssen sie selbst finden. Ich bin für die Fragen zuständig."

Sie redet wirr. Absolut wirr. „Aber Sie wissen, was hier passiert, oder?"

Sie deutet ein Nicken an.

„Und sie werden mir kein Telefon geben, richtig?"

Wieder ein Nicken.

„Und wenn ich auschecken wollen würde, gleich jetzt ..."

„Ihr Abreisedatum ist der sechzehnte Juli."

„Ich weiß, dessen bin ich mir bewusst. Aber, rein theoretisch. Sagen wir, ich würde heute auschecken wollen."

„Nein, Sie können nicht auschecken, Ihr Abreisedatum ist der sechzehnte Juli."

„Wanda", meine Stimme ist nicht mehr als ein Hauchen. „Bitte. Was geht hier vor?"

„Genießen Sie Ihren Urlaub, Adeline. Bis zum sechzehnten Juli haben Sie Zeit." Damit wendet sie sich ab und verschwindet hinter einer großen, roten Tür.

„Wanda!"" rufe ich und will hinter die Rezeption hechten, doch der spanische Mann in einem Sacco, mit dem ich gestern so vergebens versucht habe auf englisch zu kommunizieren, stellt sich mir in en Weg. „Do not enter, Miss."

„Ihr wollt mich doch verarschen!", schreie ich, drehe mich einmal um mich selbst und suche nach irgendeiner Person, die ich um Hilfe bitten könnte. Irgendeinen Menschen, der kein Hotelangestellter ist, doch die Lobby ist jetzt wie leergefegt. Ich gehe mit großen Schritten durch die helle Eingangshalle, durch den Garten mit dem trocknen Gras, das unter meinen Fußsohlen knirscht, bis zum Pool. Niemand. Niemand, bis auf die zwei Jungen, die wieder am Beckenrand sitzen und ihre Beine ins Wasser halten. Mein Blick verliert sich im Nichts, mein Kopf ist voller Gedanken, aber kein einziger ergibt Sinn.

Etwas stimmt nicht. Etwas ist hier faul. Wanda redet mit mir, als würde sie mich kennen. Als wäre ich eine Patientin. Als wäre sie meine Therapeutin. Als wüsste sie alles, alles über mich und Elijah und Isabella. Und was ist mit Joe?

Etwas stimmt nicht, niemand hier in diesem Hotel scheint mich wirklich wahrzunehmen. Niemand, bis auf Wanda, der Mann im Sacco, Alejandro der Barmixer und ... „Hey!", rufe ich, die beiden Jungen blicken zu mir auf, „hey, wo ist eure Mutter?" Sie antworten nicht. Sehen mich zwar an, aus großen, runden Augen. Doch ohne irgendetwas zu sagen richten sie ihre Aufmerksamkeit wieder dem Planschen ihrer Füßchen im Wasser zu. „Was ist das hier", murmle ich. „Was ist das? Meine eigene, persönliche Hölle?" Tief im Inneren ahne ich Fürchterliches. Eine leise, aber umso grauenvollere Befürchtung bahnt sich ihren Weg durch die Dunkelheit an die Oberfläche.

Was, wenn ich Isabella tatsächlich umgebracht habe? Was, wenn Wanda bescheid weiß? Was, wenn Elijah es ahnt? Was, wenn sie mich hier gefangen halten, mich hier einsperren.

Was, wenn jede Sekunde die spanische Polizei kommt und mich festnimmt, mich in ein spanisches Gefängnis schmeißt, wenn sie Isabellas Leiche gefunden haben und beweisen können, dass ich es war?

Oder ... Was, wenn ich sie nicht getötet habe und alle es denken? Wenn man mir etwas anhängen will? Aber, was ist dann mit Joe, er ist schließlich auch verschwunden. „Gott, reiß' dich zusammen!", warne ich mich selbst, versuche meine wirren Spekulationen zu zügeln, sie wenigstens zu ordnen. Atme ein paar mal tief durch und gehe strammen Schrittes zurück zum Bungalow.

„Elijah!", brülle ich, knalle die Tür hinter mir zu und der Mann mit dem kühlsilbernen Blick betritt den Flur. Ohne etwas zu sagen - ohne, dass ich etwas sagen kann, kommt er auf mich zu und schließt mich in seine harten, muskulösen Arme. Er drückt mich mit aller Kraft an sich, vergräbt sein Gesicht in meinem Haar. „Was-", keuche ich, doch er drückt noch fester zu, ich verliere den Boden unter den Füßen, er hebt mich gut zehn Zentimeter in die Luft. „Es tut mir leid", flüstert er. Seine

Brust, so stählern an meinem weichen Körper und ich ersticke beinahe, so sehr umklammert er mich. „Elijah, ich muss dir was sagen, was dir nicht gefallen wird."

„Ist mir egal", antwortet er, ohne mich los zu lassen.

„Was ist auf einmal mit dir, vorhin wolltest du mich noch umbringen." Gleich nachdem ich es ausgesprochen habe, wird mir übel.

„Ja, aber das war dumm von mir. Du kannst genauso wenig etwas für diese ganze Sache, wie ich."

„Ich wünschte, du hättest recht", flüstere ich. Endlich lässt er von mir ab, hält mich auf Unterarmlänge vor sich. „Ich meine, ich bin mir nicht mehr absolut sicher, ob nicht doch all das meine Schuld ist."

„Was redest du denn da?", er zieht die Augenbrauen so weit zusammen, dass sich zwischen ihnen eine kleine Falte bildet.

„Ich war eben bei Wanda, wollte ein Telefon organisieren."

„Das ist doch super, hast du jemanden erreicht?"

„Ich habe nicht telefonieren können, sie hat sich geweigert, mir ein Telefon zu geben."

Elijah lässt mich los, seine Kiefer mahlen. „Wieso das?" Sofort bemerke ich diese kleine Anspannung, dieses elektrisierte Knistern in der Luft, was von ihm ausgeht, kurz bevor er die Beherrschung verliert.

„Sie ... sie hat komisches Zeug geredet", stammele ich.

„Was für Zeug?"

„Bitte, raste nicht aus."

„Nein."

„Sie hat mich gefragt, ob ..."

„Adeline, *rede*."

Ich zupfe an meiner Nagelhaut, wage es nicht, ihm in die Augen zu sehen. „Sie fragte mich, ob ich glaube, etwas mit Isabellas und Joes Verschwinden zutun zu haben."

„Warum fragt eine Reiseleiterin so etwas Unangebrachtes."

„Ja, genau. Warum."

„Und weiter?"

„Wie, weiter?"

Er stöhnt auf. „Na, was hast du dazu gesagt?"

„Ich ... nichts, was hätte ich sagen sollen? Es war so absurd. Elijah, irgendetwas stimmt hier nicht. Diese ganze Sache hier, da ist etwas faul. Ich glaube, wir werden hier festgehalten."

„Wie kommst du denn auf so etwas?"

Ich schaue ihn an, versuche seinem Blick standzuhalten. Er steht mir zwar ruhig gegenüber, aber unter seiner aalglatten Oberfläche brodelt es, ich weiß es einfach, soweit kenne ich diesen Mann jetzt schon. „Ich fragte, was wäre, wenn ich heute auschecken wollen würde. Sie sagte daraufhin das wäre nicht möglich, denn unser Abreisedatum ist der sechzehnte Juli." Stirnrunzelnd verschränkt er die Arme vor der Brust. „Das ist in der Tat merkwürdig."

„Irgendetwas an dieser Wanda ist unheimlich. Sie kam mir gar nicht mehr vor, wie eine Reiseleiterin. Eher wie eine kranke Psychotherapeutin, oder irgend so eine gestörte Anführerin einer Sekte, in der sie Leute zu Sachen zwingen oder Babys opfern. Was weiß ich." Verzweifelt beginne ich, im Raum hin und her zu tigern.

„Nur weil sie dachte, du hättest eventuell etwas mit dem plötzlichen Abtauchen unserer Exfreunde zutun, heißt das ja noch nicht, dass man sie unheimlich finden muss", versucht Elijah zu neutralisieren. „Oder, dass irgendwer hier Babys opfern will", fügt er hinzu.

Ich verdrehe die Augen. „Nein, nein. Du verstehst es nicht, du warst nicht dabei!", im Gehen greife ich nach meinem kaputten Handy, welches auf der Kommode im Flur liegt und lasse es von einer in die andere Hand fallen. „Sie hat ... sie hat ständig versucht unserer beider ... äh, *Beziehung* zu analysieren, als würde sie uns kennen. Warf mir vor, ich wäre eifersüchtig auf Isabella gewesen, weil ihr beide ein Paar gewesen seid und ich ..."

„Und du was?", der Ex meiner ex besten Freundin greift blitzschnell nach meinem Ellenbogen, zwingt mich, stehen zu bleiben. Seine klaren Augen sind wie Magnete, die sich an meine heften. „Und ich würde mir wünschen, dass ..."

„Sprich weiter", sagt er ruhig.

„Dass zwischen uns beiden etwas wäre, dass ich krank vor Eifersucht war und ich Isabella ...", ich verziehe das Gesicht.

„Sag es mir."

„Sie denkt, ich hätte Isabella ermordet." Die Worte, die Wanda vorhin so leicht über die Lippen gegangen sind, fließen jetzt ebenfalls über die meinen wie flüssiges Gift. Es fühlt sich gar nicht so schwer an, wie ich erwartet hatte. Und doch ist es krank, einfach hässlich, mich selbst etwas Derartiges sagen zu hören.

Ich warte. Auf was genau, weiß ich selbst nicht. Vielleicht, dass Elijah nach dem nächstbesten Gegenstand greift und mich erschlägt, weil sich seine Vermutung bestätigt hat. Vielleicht, dass sich der Himmel auftut, oder - in meinem Falle wohl eher - der Boden spaltet und ich in die Tiefen des Fegefeuers gezerrt werde. Irgendetwas sollte jedenfalls passieren, was alles ändern wird.

Was im Endeffekt passiert, ist wahrhaftig unerwartet, etwas, mit dem ich nie gerechnet hätte. Jedenfalls nicht zu diesem Zeitpunkt.

***

ELIJAH

Selbst später hätte ich nicht sagen können, was genau mir in diesem Moment gezeigt hat, was ich für Adeline Weiß empfinde. War es eine Intuition? Ein Instinkt? Ein Trieb, wie bei Tieren? Etwas Animalisches, etwas Natürliches?

In dem Moment, wo ich ihr dieses beschissene Handy, mit dem lächerlichen Harry Potter Fan Sticker aus der Hand reiße, es in irgendeine Ecke schleudere - scheiß egal, es ist sowieso im Arsch - in dem Moment weiß ich einfach, es ist das natürlichste auf der Welt, meine Lippen auf ihre zu pressen. Diese gottverdammten Lippen, vielleicht waren sie der Auslöser. Vielleicht habe ich einmal zu oft auf diese wundervollen Lippen gestarrt, während sie gesprochen hat. Während sie sie zwischen die

Schneidezähne gezogen hat, an ihnen geknabbert hat. Vielleicht habe ich mir einmal zu oft vorgestellt, wie diese Lippen um meinen Schwanz aussehen würden.

Ich kann es nicht sagen, vielleicht war es auch diese Wut, die sie in mir auslöst. Klar, viele Dinge machen mich wütend, bringen mich zur Weißglut, doch dieses Mädchen macht mich wahnsinnig. Ist diese Wut auf etwas anderem begründet, als dem Misstrauen, das ich mir ihr gegenüber eingeredet habe? Dass ich mir ständig Hirngespinste ausgemalt habe, die sie in ein negatives Licht gestellt haben, damit ich diese unglaubliche Energie nicht spüre, die von ihr ausgeht? Diese Vollkommenheit, diese Magie. Adeline Weiß hat wahrlich etwas Magisches an sich. Man braucht sie bloß anzusehen ... Bilder etlicher Kunstwerke schießen mir durch den Sinn. Kunstwerke mit ihrem Gesicht. Kunstwerke, die ihren Namen tragen. Ihr Gesicht in Farben und Formen, in Linien und Strichen. Ihre Lippen auf den verschiedensten Leinwänden, ihre Lippen auf meinen Lippen.

Ich packe ihr Gesicht, umschließe es mit beiden Händen und sie steht da, wie zu einer Salzsäule erstarrt, bis sie sich mit einem lauten Aufatmen meinen Berührungen hingibt und den Kuss erwidert. „Hm", macht sie, „hast du gehört", ich versuche, sie nicht zu Wort kommen zu lassen, „was ich", küsse sie noch inniger, noch härter, „gesagt habe?", ihre Atmung ist so schnell, so flach. Ihr gefällt, was ich tue, doch ihre Gedanken sind immer noch bei diesen grauenvollen Worten, die sie eben ausgesprochen hat.

„Nein", knurre ich, ziehe sie in den Wohnraum zum Esstisch.

„Elijah, was tust du?"

Ich antworte nicht, setze sie auf der glatten Holzfläche ab, ohne aufzuhören, sie zu küssen. Ich werde nie wieder damit aufhören können. Nichts hat sich jemals so richtig, so echt angefühlt, wie sie.

„Du könntest niemanden umbringen." Schweratmend sauge ich an der weichen, mit blassen Sommersprossen übersäten Haut ihrer nackten Schultern. „Jemand, der so lebendig, so rein, so schön ist, könnte niemanden umbringen." Ihr Geruch nach Meer und Sonnencreme, nach Salzwasser und nach Heimat - bringen mich um den Verstand. „So schön, Amaryllis." Worte und Gedanken, die nicht unbedingt Sinn ergeben, vermischen sich. Ich weiß nicht mehr, was ich denke und was ich ausspreche, kann es nicht mehr unterscheiden, brauche es nicht mehr unterscheiden. Denn all das, was ich jetzt fühle und denke, will ich mit ihr teilen.

„Hör auf", stöhnt sie, schlingt aber währenddessen ihre Beine um meinen Unterleib und drängt sich mir entgegen, zieht das Gummi aus meinem Haar und vergräbt ihre Hände darin. Es fühlt sich an, als hätte sie das schon eintausend mal gemacht. Als hätte sie mir schon eintausend mal in mein Haar gefasst, leicht an ihm gezogen, sich mir stöhnend entgegen gebeugt. Als wären wir schon eintausend mal so zusammen gewesen. Als würde sie genau wissen, wo meine Hände als nächstes tastend ihren kurvigen Körper erkunden würden, als würde ich genau wissen, was sie mir als nächstes leise ins Ohr stöhnen würde. Als hätte sie schon eintausend Mal gesagt: „Wir dürfen das nicht", und als hätte sie sich trotzdem eintausend Mal nicht dagegen gewehrt, als ich ihr das graue Croptop über den Kopf ziehe. Als wäre ich schon eintausend Mal in den Genuss gekommen, diese göttlichen Brüste ansehen zu dürfen, als hätte ich mich schon eintausend Mal darüber gefreut, dass sie keinen BH trägt.

„Du bist schöner, als alles Andere." Es passt nicht zu mir, so etwas zu sagen und es passt nicht zu ihr, daraufhin nicht rot zu werden. Aber in diesem Moment sind wir so viel mehr als sonst. Sie leckt sich über diese Lippen, über die ich Gedichte schreiben könnte und beginnt sich selbst zu berühren. Sie knetet ihre schweren, straffen Brüste, massiert sie und hört nicht auf, mir dabei in die Augen zu sehen. „Zeig's mir", fordert sie mit rauchiger Stimme, was so sexy ist, dass ich allein von ihrem Anblick hätte kommen können. Ihre Shorts geht ihr bis über den Bauchnabel und ist am Arsch so kurz, dass ich dort ihre nackte Haut mit beiden Händen packen will. Ihre Hüften sind so rund, so weich, ich könnte meine Finger in ihnen vergraben, mich an ihnen festhalten, während ich sie hart gegen diesen grässlichen Holztisch vögeln, mich in ihr verlieren könnte.

„Dann zieh' endlich diese Hotpants aus", sage ich drohend, mit anschwellender Ungeduld in der Stimme und halte grob ihre Arme fest, sodass sie aufhört, sich selbst zu streicheln. Sie geht vollkommen darin auf, das zu tun, was ich ihr sage, schaut mich durch ihre langen Wimpern von unten hinweg an und knöpfte ihre Hose viel zu langsam auf. Ich verliere die Fassung, diesmal so richtig, stoße sie zurück auf die Tischplatte, reiße an dieser sogenannten, abartig kurzen Jeans und ziehe sie ihr herunter. Adeline schreit leise auf, lässt es aber zu, ergibt sich mir und spreizt schief lächelnd die Beine. Ein paar Sekunden nehme ich diesen Anblick in mir auf, bevor auch ich mich meiner letzten Barriere schweren Stoffs erleichtere und meinen nackten Körper an ihren schmiege.

Salzig-heiß

Halt nicht fest, sieh' nicht hin
wenn dir Sand durch die Finger rinnt.
Marteria

A D E L I N E

Ist Elijah Granit ein Sadist?

Macht ihn der Gedanke scharf, ich könnte eine Mörderin sein? Warum fällt er über mich her, während ich diese schreckliche Vermutung ausspreche, das erste mal in meinem Leben, die erste angebrochene Sekunde, in der ich von mir selbst wahrhaftig glaube, ich hätte einen Menschen umbringen können - nutzt er, um mich zu küssen?

Je länger er mich berührt, je härter er mich anpackt, je fester er mich auf diesem Tisch nimmt, desto wahrscheinlicher erscheint es mir, für diesen Mann wahrlich töten zu können. Ist mir schon vorher aufgefallen, dass ich mich zu ihm hingezogen fühle? War ich wirklich neidisch auf meine beste Freundin? Neidisch darauf, dass ihr dieser schöne Mann gehörte, mit diesem unglaublichen, starken Willen. Mit dieser Kreativität, dieser Poesie. Dieser Mann, der alles was er berührt zu Kunst macht. Bin auch ich jetzt Kunst? Bin ich Teil seiner Poesie? Ich könnte mir nichts Schöneres, nichts Berührendes und Intimeres vorstellen. Mir wird immer unklarer, warum Isabella diesen Mann mit jemandem wie Joe betrügen konnte.

Joe Meißner ist nicht perfekt. Auf seine Art und Weise, vielleicht. Er ist ruhig, er ist geduldig. Er berührt einen sanft, an den Stellen, die sich nach seinen Berührungen sehnen. Mit seinen blonden Locken, den warmen braunen Augen. Er sieht aus, wie ein Bilderbuch Charmeur. Wie ein Prinz. Wie ein Boygroup Mitglied, ein süßer Schlagzeuger, ein Typ, den man anhimmeln muss. Ein wahrer Teenie-Traum. Aber je älter ich wurde, desto mehr schien ich mich nach einem Mann zu sehnen. Desto mehr schien mich Elijahs Härte, seine starke Optik anzuziehen.

Ich liebe Joe Meißner. Aber könnte eine Isabella Joe lieben? Ihn begehren? Eher unwahrscheinlich, wenn ich ehrlich bin. Er erfüllt nichts, was ihr Idealbild eines Mannes ausmacht.

„Mehr", stöhne ich und bohre meine Nägel in Elijahs Rücken. „Bitte", flehend erwidere ich seinen glühenden Blick. Er ist jemand, der die Augen beim Sex nicht schließt. Er ist jemand, der den Anblick seiner Partnerin in sich aufnimmt, sich an ihm labt. Ihn als Antrieb nimmt, sie noch härter und noch intensiver zu verwöhnen. Ich kann mich nicht daran erinnern, ob Joe mich jemals angesehen hat, während wir uns liebten. Ich kann mich erinnern, dass ich ihn dabei angesehen habe. Dass ich gestaunt habe darüber, was für ein hübscher Typ jemanden wie mich lieben kann, dass ich genossen habe, wie seine Lider zuckten, während wir uns unserem Höhepunkt näherten. Ich kann mich auch daran erinnern, dass ich mir öfters Gedanken gemacht habe, ob er die Augen geschlossen hält, weil er an jemand anderes denken wollte, als an mich. Dieser Gedanke erscheint mir nun als bestätigt.

Umso befriedigender ist es jetzt zu sehen, wie Elijah mich beobachtet, wie er jede meiner Bewegungen wahrnimmt, wie er meine Körpersprache deutet und liest, als würde er mich kennen. Als würden wir uns ergänzen - wie Spiegelbilder. Er scheint zu ahnen, was mir gefällt und was ich brauche und ich segele immer höher gen Himmel. Raus aus der Hölle, die ich mir selbst herbei spekuliert habe. „Du bist unglaublich, oh Gott." Als er genau den Punkt trifft, der sich nach ihm verzehrt hat, katapultiert mich das in eine Welt, die ich nie zuvor gesehen habe. Oder doch? Etwas an dieser Intimität, dieser Hitze zwischen uns kommt mir so vertraut vor. So natürlich.

„Glaubst du mir jetzt", fragt er, seine Stimme so tief, allein dieser Klang lässt mich vor Lust erzittern. Seine Lippen finden wieder meine und ich ziehe ihn so weit zu mir herunter, wie möglich. Streiche mit den Händen über seinen Nacken, er keucht unter meinem Mund, schiebt sich noch enger zwischen meine Beine.

Ich weiß nicht genau, wie lange das so geht, wie oft er mir Dinge zugeflüstert und wann genau sich unsere Leidenschaft überschlagen hat. Aber das ist auch nicht wichtig, die Zeit war nicht mehr wichtig. Nichts war wichtig, außer das Hier und Jetzt. Jedenfalls endet es damit, dass wir nackt auf auf der Veranda sitzend Richtung Ozean blicken und ich meinen Kopf an seine Brust schmiege. Die Sonne ist inzwischen untergegangen und Elijah hat unsere Körper in eines von Isabellas Seidentücher gehüllt. „Kommt dir das nicht falsch vor?", frage ich, denn der edle Stoff riecht ganz eindeutig nach ihrem Chanel.

„Was denn?", fragt er ganz unverfroren.

„Na, all das hier. Dass wir uns in ein Kleidungsstück deiner Exfreundin kuscheln, nachdem wir gerade ..."

„Ady", murmelt er, schließt seine Arme enger um mich, „mach' den Moment nicht kaputt."

„Tut mir leid ..."

„Du musst dich für nichts entschuldigen. Das ist wohl eher mein Job."

„Du hast doch nichts falsch gemacht. Du warst misstrauisch, aus guten Gründen. Es hat eben alles zusammen gepasst." Ich versuche, den strengen Geruch Isabellas überteuerten Parfüms zu ignorieren und stattdessen den von Elijah aufzunehmen, der auf seiner Haut liegt. Nach heißem Sex, nach Schweiß, der herbe Restduft seines Duschgels von heute früh."

„Nichts hat zusammen gepasst. Nur, weil eine verrückte, unzufriedene und überaus unhöfliche Reiseleiterin ihren Frust an dir ausgelassen hat."

„Mh", mache ich, denn ich weiß, dass Wandas Worte mehr Bedeutung hatten, als er glaubt. Ich weiß es und es ist so und wir werden noch darüber reden müssen, aber nicht jetzt. Nicht heute.

„Doch!", erwidert er und reibt seine Nase an meinen Scheitel.

„War ein zustimmendes Mh", kichere ich und er kneift mir in die Hüfte.

„Der Spruch gefällt dir wohl."

„Lustiger Insider."

„Ach, jetzt haben wir schon Insider?", fragt er gespielt empört und ich nehme meinen Kopf von seinem Oberkörper und schaue ihn an. Seine schelmisch glitzernden Augen - ich frage mich, wie mir nicht früher auffallen konnte, wie tief sie sind. Wie man sich in ihnen verlieren kann, in ihnen ertrinken kann. „Warum hast du mich geküsst, Elijah?"

„Ist das wichtig?"

Ist es das? Eigentlich nicht, unter normalen Umständen jedenfalls. Aber dank dem zu beachtenden Fakt, dass dieser Umstand hier momentan echt alles andere, als normal ist ... erscheint es mir schon als wichtig, also nicke ich bloß und warte geduldig auf seine Antwort. Er verzieht das Gesicht und verdreht die Augen. „Ich finde dich schrecklich, wieso war der Sex bloß so unglaublich?", sagt er lachend und ich boxe ihm spielerisch gegen den Oberarm. Er spannt ihn an und meine Faust prallt auf harte Muskeln. „Au", maule ich und er nimmt meine Hand, küsst die Fingerknöchel, dreht sie und legt seine geschickten Lippen auf die Innenseite meines Handgelenkes. Mein Herz setzt aus, ich starre ihn an, was er mit mir anstellt. So mühelos verwandelt er mich zu seiner Marionette. So mühelos macht er, dass mein Körper auf jede seiner Berührungen reagiert, hochsensibel und empfindlich. „Warum hast du mich geküsst, Elijah?", wiederhole ich meine Frage, versuche angestrengt, meine Konzentration zu wahren.

„Wie könnte man dich nicht küssen wollen", sagt er leise, sein Mund hat inzwischen meinen Unterarm erreicht, meine Armbeuge.

„Nein, sag mir den Grund", jammere ich, „gestern warst du noch so gemein."

„Ich bin immer noch gemein", sein sanftes Küssen verwandelt sich in ein Knabbern, welches nicht weniger angenehm ist, im Gegenteil. Etwas schmerzhaft, aber das Ziehen dort überträgt sich sofort auf das Kribbeln zwischen meinen Beinen. „Du stehst darauf, oder?", fragt er mit kehliger Stimme, dann fährt er mit dem Zeigefinger die Kratzspuren an meinem Unterarmen entlang, die ich mir selbst zugefügt habe. Aus Nervosität, in

Stresssituationen ... tue ich unterbewusst Dinge, die ich gar nicht wirklich registriere. Deshalb kam es mir auch nicht abwegig vor, unter Dissoziativer Amnesie zu leiden. Wenn irgendein Mensch den Hang zu so etwas hätte, dann ich. Ohne auf seine Frage zu antworten lege ich den Kopf in den Nacken und atme schwer aus. „Warum. Hast du. Mich geküsst?" Mit geschlossenen Augen warte ich darauf, dass er zu reden beginnt. Mir endlich erklärt, was in ihm vorgeht. Er lässt seine leicht geöffneten Lippen über meinen Hals gleiten, bis zur Kehle, hält dort inne und wiederholt das ganze. Immer und immer wieder. „Warum hast du mich Amaryllis genannt?" Amaryllis sind meine Lieblingsblumen, aber woher sollte er das wissen? Er hält prompt inne, ist wie versteinert. Ich öffne die Augen und seine Ausgelassenheit scheint wie weggeblasen. „Was ist?"

„Ich habe nicht ..."

„Doch."

Er runzelt die Stirn. „Ich erinnere mich nicht."

„Was du nicht sagst", pampe ich und er rückt leicht von mir ab.

„Im Eifer des Gefechts", erwidert er rasch.

„Ich verstehe ...", in der Hoffnung, seine gute Stimmung wieder etwas ans Licht zu tragen, lasse ich mir das Seidentuch von den Schultern gleiten. Mit verschleiertem Blick starrt er mir auf die Oberweite. „Kein Grund gleich zu sabbern", lache ich, wische mit dem Zeigefinger an seinem Mundwinkel entlang und er zuckt zusammen. Kleine Rinnsale laufen an den Enden seiner tollen Lippen entlang und als er Luft holen will, bricht ein Hustenanfall aus ihm heraus. Sein Gesicht läuft dunkelrot an, er steht panisch auf und schlingt sich die Hände um den Hals. „Elijah!", rufe ich, haste ins Wohnzimmer, greife nach einer Flasche Wasser und halte sie ihm hin, doch er schiebt mich beiseite, hustet immer lauter in seine Armbeuge. Es hört sich furchtbar an und ich habe keine Ahnung, wie ich ihm helfen kann. „Bleib ruhig, sonst erstickst du, du erstickst!", hastig klopfe ich ihm auf den oberen Rücken, er beugt sich noch weiter nach unten, würgt und erbricht nahezu einen Schwall Wasser. „Oh Gott", flüstere ich, doch seine Atmung verlangsamt sich wieder. „Alles gut", versuche ich ihn zu beruhigen und halte ihm abermals das Trinken hin, doch er schüttelt den Kopf und reibt sich übers Gesicht. „Geht es wieder?"

Er räuspert sich, atmet noch einmal tief ein und nickt dann, wenn auch verhalten.

„Was zum Teufel war das?"

„Husten", erwidert er, trocken wie eh und je.

„Das ist jetzt wirklich kein Zeitpunkt für deinen Sarkasmus, Elijah."

„Salzig", fügt er hinzu. „Salziger Husten."

„Du hast Wasser ausgekotzt", merke ich pragmatisch an.

„Salzwasser", verbessert er, nimmt jetzt doch die Flasche und führt sie an seine Lippen, die leicht zittern.

„Was ... Wie kann das denn sein?"

„Wenn du mir ständig deine fantastischen Brüste zeigst ..."

„Ständig", schnaube ich empört.

„... Dann braucht Frau sich auch nicht wundern, wenn Mann an seiner eigenen Spucke erstickt."

Langsam werde ich wieder wütend, denn er scheint die Situation - wie so oft - kein Stück ernst zu nehmen. „Du hast es auch, oder?", will ich wissen.

„Was habe ich auch? Ein ständiges Verlangen, deine sinnlichen Lippen zu schmecken?", und schon wieder vermischt sich dieses rauchige Krächzen in seinen Ton und mein Hirn beginnt schwammig zu werden.

„Nein", stammele ich, „das Brennen ..."

„Oh ja, eindeutig brennt es, Adeline. Dass mir das nie aufgefallen ist ..."

„Das Brennen im Brustkorb ..."

„Wie konnte ich das übersehen?" Mit einer schnellen Bewegung wirft er den Kopf zurück und die losen Haarsträhnen, die ihm zuvor noch in der Stirn gehangen haben, fliegen zur Seite. Er greift nach mir, doch ich weiche ihm aus. „Wie konnte ich übersehen, was du für eine Frau bist?"

„Es geht hier ... jetzt gerade um etwas ganz anderes!"

Er tritt näher, schmeißt die leere Plastikflasche zu Boden und steigt über die Pfütze, über das Wasser, welches scheinbar direkt aus seinen Lungen gekommen ist. „Es geht mir gut", sagt er ruhig.

„Nein, geht es dir nicht. Du hast Husten, genau wie ich. Deine Lungen brennen, als wäre Wasser in ihnen und scheinbar ist es das sogar, denn du hast eben Salzwasser ausgehustet … gebrochen … was auch immer."

„Vielleicht war es auch Galle", er verzieht das Gesicht. „Jetzt hast du es endgültig geschafft, mich zu entschärfen."

„*Entschärfen*?", pruste ich, kann es mir nicht unterdrücken, laut aufzulachen.

„So schnell wie du mich geil machst, versaust du es auch wieder. Das hast du eindeutig drauf."

„Freundchen, ich habe dich nicht *geil* gemacht", gebe ich zu bedenken, mache eine abwehrende Geste.

„Nicht?"

„Nein, ganz im Gegenteil. Ich habe dir gestanden, dass ich befürchte, etwas mit Joes und Isabellas Verschwinden zutun zu haben."

Er zieht die Nase kraus, was ihn viel jünger aussehen lässt. Süß, irgendwie. „Du merkst nicht einmal, was du tust."

„Genau deshalb glaube ich auch, dass ich nicht bemerkt haben könnte, unsere Exfreunde ..."

„Adeline." Es ist ungewöhnlich, meinen vollen Namen aus seinem Mund zu hören. Es gefällt mir, so ist es nicht, doch er hat mich früher niemals so genannt. Elijah ist ein Mensch, der seinen Prinzipien treu bleibt. Immer. Immer und jedem gegenüber. Wieso habe ich auf einmal das Gefühl, er könnte diese lästige Eigenschaft in meiner Gegenwart ablegen? Nicht von heute auf morgen, das ist klar, aber gemächlich und langsam - nach und nach. Allein sein Verhalten mir gegenüber verändert sich fast minütlich. Es schwankt von kompletter Abneigung zu Wut, von Gereiztheit zu Mitgefühl bis hin zu kompletter Hingabe. Ich kann es mir nicht erklären, und ich steige nicht dahinter. Ganz egal, wie lange ich darüber nachdenke. „Adeline, du hast mir so gefehlt." Seine Hand liegt schon wieder auf meiner Wange, keine Ahnung, wie sie dort hingekommen ist. In den letzten Tagen fühlt es sich so an, als würde mein Gehirn unwichtige Stellen meines Daseins überspringen und sich bei den wichtigen Momenten wieder einschalten. Die Zeit fliegt, die Stunden vergehen wie Minuten und jede Sekunde, in der er mich nicht berührt hat, kommt mir im Nachhinein unbedeutend vor.

„Was meinst du damit, ich habe dir gefehlt?", frage ich und schmiege mich gegen seine Handfläche. „Ich war doch die ganze Zeit da."

„Ja schon ... Aber irgendwie auch nicht", seufzt er und ich tue es ihm nach.

„Was passiert hier, Elijah?"

„Ich weiß es nicht, aber soll ich dir was sagen?"

Ich lege meine Arme um seinen Nacken, wie vorhin und spüre seinen warmen Atem auf der Nase. Er riecht tatsächlich nach Salzwasser, nach Meer. Aber vielleicht ist es auch einfach der allgemeine Geruch nach ihm, der seit Tagen auf seiner Haut liegt. „Ja, sag."

„Es ist mir nicht mehr wichtig. All der Scheiß mit Joe und Isabella", er zuckt die Schultern, „ist mir nicht mehr wichtig."

Eine bleischwere Last rollt mir von den Schultern, als er das sagt und ich streiche mit beiden Handrücken über seinen kratzigen Bartansatz, fahre mit den Fingern durch sein Haar und fühle wieder diese Vertrautheit, dieses Gefühl von Ruhe. Seine Lippen liegen schon wieder auf meinen, salzig und feucht, aber das stört mich nicht, denn es sind seine Lippen und aus einem unerfindlichen Grund kann ich mir nicht mehr vorstellen, wie ich jemals ohne diese Lippen gelebt habe.

***

ELIJAH

Das Prickeln und Kratzen in der Brust, das Gefühl, Brausepulver eingeatmet zu haben, überträgt sich jetzt wieder in meine Magengegend, als ich dieses unglaublich nervtötende und überemotionale Mädchen in meinen Armen halte. Was finde ich an ihr? Was sind das für besondere Momente, die wir miteinander teilen? Warum habe ich sie nach meiner Lieblingsblume benannt, habe mich dabei gefühlt, als hätte sie für mich schon immer so geheißen? All diese Fragen, die im Vergleich zu unserer derzeitigen Situation eigentlich unbedeutend und zweitrangig aussehen, kommen mir viel wichtiger vor, als die Frage nach dem mysteriösen Verschwinden meiner bissigen Ex. Es interessiert mich nicht mehr, wohin sie mit ihrem knochigen Arsch, ihren blöden Seidentuniken und dem beißenden Geruch von Chanel Parfum am sehnigen Hals hin stolziert ist. Einer überreizten, verzweifelten Ballerina gleichend. Es ist mir egal. Und Joe …

Dieser Joe. Ich werde ihm ordentlich die Fresse polieren, wenn ich ihn wieder sehe, diesem abgefuckten Pseudo-Ken. Seine Goldlöckchen können ihn vielleicht vor Mamis Zorn beschützen, aber sicher nicht vor meiner Faust. Mit seinen lächerlichen kleinen Grübchen und dem niedlichen Lächeln. Scheiße, meine Wut diesem kleinen Pisser gegenüber wächst mit jedem Atemzug. Mit jedem schmerzhaften Atemzug, meine Lunge ist am implodieren, zerreißen, zerspringen. Was auch immer.

Da helfen auch nicht ihre weichen Hände auf meinem Körper, die über meinen Bauch wandern, während wir uns erneut ineinander verlieren. „Wir sollten nochmal zu Wanda gehen", sage ich, meine Stimme tief an ihren geschwollenen Lippen. „Mir egal", raunt sie, schiebt ihre Hand in meine Shorts, ohne aufzuhören, mich mit ihren glühenden Küssen zu quälen, mein Verlangen schon wieder ins unermessliche wachsen zu lassen. „Morgen, meine ich."

„Mach doch", sie sieht mich aus großen Augen an, während sie meinen Schwanz packt. All meine Muskeln verkrampfen sich und ich bohre erneut meine Finger in ihre Oberschenkel. „Was sagst du?"

„Ich sagte", sie drückt zu und ich stöhne auf, „mach doch." Sie lacht leise. „Aber nicht jetzt."

„Nicht jetzt?" Zischend ziehe ich Luft durch die zusammen gebissenen Zähne, als sie beginnt mit der Hand auf und ab zu fahren.

„Nein, nicht jetzt, ich habe andere Pläne."

„Seit wann denn das?"

„Seitdem du mich angesabbert hast",   antwortet sie frech.
„Das kann ich einfach nicht tolerieren."

„Habe ich nicht!", will ich rufen, doch sie drückt warnend ihren Daumen auf meine Spitze und lässt mich unwillkürlich verstummen. Staunend sehe ich zu ihr herunter, zu diesem schönen, kurvigen Mädel mit den blassen Sommersprossen, dem rotblonden Haar und diesen göttlichen Lippen, und sie hat mich - im wahrsten Sinne des Wortes - vollkommen in der Hand.

Amaryllis

Denn jeder Fluss fließt ins Meer
Lass los, kein Grund dich zu wehren.
Marteria

E L I J A H

Das Silber des Morgengrauens dieses achten Julis, welches unseren mittlerweile sechsten Urlaubstag markiert, noch lange bevor die Sonne über den Horizont bricht, tunkt die Palmen und Sträucher in einheitlich farbiges Licht, als ich mich aus dem Bungalow schleiche. Es ist so unglaublich früh, dass die Grillen noch immer zirpen. So früh, dass nur das Zirpen der Grillen und nichts weiter als das Zirpen der Grillen die Ruhe am Morgen zerreißt.

„Angesichts der Tatsache, dass Sie hier herumstehen, als wäre es mitten am Tage, kann ich nun wohl endgültig davon ausgehen, dass all das hier nichts weiter als eine abgefuckte Freakshow ist." Mit diesen Worten betrete ich die Lobby, in der Wanda wie gestriegelt mit ihrem Gorilla ähnlichen, Smoking tragenden Spanier steht, der die Hände hinter dem Rücken verschränkt hat.

„Elijah Granit", sagt sie schmallächelnd und legt den Kopf schräg.

„Also, folgendes", setze ich an, lege meine geballten Fäuste auf der Thekenoberfläche ab, „ich gebe Ihnen jetzt ganz genau drei Minuten Zeit, mir zu erklären, was hier los ist. Sollten Sie das nicht auf die Reihe kriegen, oder wieder in Rätseln sprechen, wie bei Adeline, dann werde ich die Polizei rufen." Ich lächele fast genauso aufgesetzt und nicht ganz genauso höflich, wie sie es drauf hat, zurück.

„Was soll ich Ihnen erklären?"

„Jetzt stellen Sie sich bitte nicht blöd." Meine Geduld neigt sich langsam dem Ende, wie nicht anders zu erwarten. „Ich erinnere mich jetzt wieder, Wanda." Ich klinge bedrohlicher, als gewollt, unbeherrscht und zornig. „Ich habe keine Ahnung, wie Sie das angestellt haben, wie Sie uns gehirngewaschen haben, wie Sie uns manipuliert haben." Ausatmend spanne ich mich an. „Aber es wäre jetzt an der Zeit, damit heraus zu rücken."

„Sind Sie wahrlich in Isabella Rosa verliebt gewesen?" Die Frage kommt völlig aus dem Zusammenhang gerissen heraus und hängt in der Luft wie ein Gemälde allerhöchster Abstraktion.

„Was geht Sie das an?", zische ich, schlage mit beiden Fäusten auf den Stein. Der Gorilla brummt leise und zieht die breiten Schultern zurück. Ich lasse mich nicht beirren und funkele Wanda an, die geduldig ihre Brille zurecht rückt. „Also nicht? Und ändert das etwas an der Beziehung, die Sie zu Adeline Weiß haben?"

„Wir haben keine Beziehung, wir sind Freunde."

„Merkwürdig, das gleiche hat sie auch gesagt."

„Ja, *merkwürdig*! Vielleicht aus dem einfachen Grunde, dass es der Wahrheit entspricht."

Sie nickt langsam, doch ihre Augen zucken ruckartig an mir hoch und runter, mustern mich eindringlich und abschätzig.

„Sie sind überhaupt gar keine Reiseleiterin, richtig?"

„Man könnte mich in der Tat als solche bezeichnen. Den Begriff anders verwendet als man es hier tut, passt er sogar ganz gut zu dem, was ich bin."

„Was soll das heißen, *man könnte*? Was sind Sie? *Wer* sind Sie?" Mein Herz schlägt hart und schnell in meiner Brust. Adeline hatte recht, hier ist etwas faul. Aber gewaltig.

„Sie müssen selbst darauf kommen, Elijah. An was haben Sie sich erinnert, als Sie mit Adeline geschlafen haben? Was haben Sie gefühlt, als ..."

Ein lautes Rauschen in meinen Ohren verhindert, dass ich den Rest ihrer Frage verstehen kann. Es dreht sich alles und mir ist schlecht, mein Hals kratzt und brennt, meine Lungen drohen zu zerreißen. „Was für ein Scheiß Spiel wird hier gespielt?!", rufe ich und will hinter die Theke hasten, doch der Gorilla hält mich auf, während die gertenschlanke Frau in der roten Tür an der hinteren Wand verschwindet. „Genießen Sie Ihren Urlaub, Elijah. Bis zum sechzehnten Juli haben Sie Zeit", sagt sie noch, über ihre Schulter hinweg.

„Lass mich los, Arschloch!", brülle ich und stoße den Mann von mir weg, renne mit langen Schritten nach draußen und erreiche schweratmend unseren Bungalow. „Adeline!", will ich rufen, doch bekomme kein Wort heraus, schlage halbherzig gegen die dünne Wand, die Küche vom Schlafzimmer trennt. Dort, wo sie schläft. Wo *wir* geschlafen haben. Wir ... Der Schwindel lässt nicht nach, verstärkt sich bloß noch mehr, als ich an die Erinnerungsfetzen zu denken versuche, die in der jetzt vergangenen Nacht mein Bewusstsein heimgesucht haben. Die Erinnerungsfetzen, von denen Wanda wusste. Das ist unmöglich - einfach surreal. Sie wusste auch, dass wir ... Dass Adeline und ich ... Was weiß sie noch? Werden wir überwacht? Ist das eine Art kranke Trueman-Show? Wird das irgendwo live übertragen, geilt sich vielleicht in diesem Moment eine ganze Nation daran auf, wie wir uns in dem Schmerz des Betruges wiegen, diesem siedenden Schmerz, den unsere Exfreunde uns zugefügt haben?

Immer wieder sehe ich Adeline vor meinem inneren Auge, in einem weißen luftigen Sommerkleid. Adeline, wie sie ausgesehen hat, als ich sie das erste mal gesehen habe, als ich sie kennen lernen durfte. Immer und immer wieder. Langsam beugt sich der Raum, der erst rund und irgendwie kuppelförmig wirkt. Der Raum, in dem sie sich befindet, in dem sie steht, mit ihrem wunderschönen Kleid. Von diesem runden Konstrukt verzerrt er sich zu einem räumlichen, eckigen Würfel, zu vier Wänden, einer Decke und einem Boden. Einem Ort, der wahrhaftig erscheint und dreidimensional. Einem Ort, den ich kenne.

Isabellas Haus. Isabellas Flur. Der Flur ihres Elternhauses. Und eine Melodie, ein Song, der wie durch mehrere Wände hindurch dumpf in meinem Schädel wummert.

-It was nineteen eighty-nine, my thoughts were short my hair was long

81

Caught somewhere between a boy an man-

Ich kam aus der Hitze des Augustsommers in den klimatisierten Flur, suchte Zuflucht vor dieser schwül-heißen, unerträglich dicken Luft und sah ihre wohlgeformten Kurven in diesem weißen, fließenden Stoff.

-She was seventeen and she was far from in-between
It was summertime in Northern Michigan-

Ihr Haar in zwei Flechtzöpfen am Hinterkopf, fielen bis über ihre Schulterblätter. Sie stand seitlich mir, seitlich einer der grauen Wände dieses kahlen, sterilen Flurs zugewandt. Redete leise vor sich hin und zupfte an zwei weißen Amaryllis in ihren schmalen Händen.

„Diesmal lässt du dich nicht klein reden. Nein, nein, nein."

„Nicht?", fragte ich amüsiert und lehnte mich neben sie an diese frustrierend-deprimierend, hässliche blanke Wand. Diese Wand, die von weitem bloß von ihrer Anmut geschmückt werden konnte. Wie sie dort stand, mit diesem weißen Kleid, den prachtvollen Blumen und ihren Zöpfen, die sie jung und ein wenig pausbackig aussehen ließen. Aber das machte nichts, denn sie war wunderschön. Verschreckt sah sie sich um und trat einen Schritt zurück, zupfte noch einmal an den Blütenblättern, danach an einem ihrer locker frisierten Zöpfe, aus denen fluffige Strähnen ihres rötlichen Haares um ihr sommersprossiges Gesicht fielen. „Sorry, hab' dich nicht gesehen. Wollte deinen Monolog nicht stören", feixte ich und verschränkte die Arme vor der Brust.

„Ich dich auch nicht. Jedenfalls nicht vor heute, wer bist du?" Skeptisch schaute sie mich an, aus ihren klaren Augen, die die Farbe von Bergseen hatten.

-Splashing through the sand bar
Talking by the campfire
It's the simple things in life, like when and where-

„Woher kennst du Isabella?", hakte sie noch weiter nach, weil ich nicht direkt antwortete. Die Ungeduld, die Neugierde. Sie ist mir ähnlicher, als sie denkt.

„Woher kennst *du* sie denn?"

„Ach, ich", sie zuckte die Schultern und schaute auf die Amaryllis, „ich bin die, die sich regelmäßig von ihr zur Sau machen lässt und im Gegenzug dazu, darf ich mich ihre beste Freundin nennen." Sie lachte, offensichtlich über ihre eigenen Worte. „Das ist der Deal."

-We didn't have no internet
But man I never will forget
The way the moonlight shined upon her hair-

„Was für ein Deal?" Isabella war wie aus dem Nichts hinter mir aufgetaucht und stellte sich mit einer Hand auf meiner Schulter neben mich und dieses schöne Amaryllis-Mädchen.

„Ooh", sagte dieses jetzt gedehnt, ließ die Blumen unsanft und nervös von der einen in die andere Hand fallen. Ich wunderte mich über die Art, wie ihre Ausstrahlung sich in der Gegenwart ihrer Freundin veränderte, wie sie verblasste und sich automatisch in Isabellas Schatten schob. „Daher kennst du sie also", nickend wich sie meinem Blick aus.

„Wie ich sehe, hast du sie schon kennen gelernt. Das ist Adeline. Meine beste Freundin." Lächelnd nickte Isabella dem Amaryllis-Mädchen zu und sah mich dabei an, doch ich wusste genau, dass etwas nicht stimmte.

„Äh, ja, ich ...", stammelte sie, der Name Adeline klang viel zu altmodisch für ihr Strahlen und ihre Präsenz.

„Du gehst am besten deine Blumen ins Wasser stellen, wie wäre es damit?", fragte Isabella und drängte sich ihr in den Weg, schnitt meine Sicht zu ihr ab und sie wandte sich zum Gehen, ohne etwas Weiteres zu sagen, doch ich rief ihr hinterher: „Man sieht sich, Amaryllis." Und sie lächelte mir über die Schulter hinweg zu und Isabella nahm genau dieses Lächeln wahr und ich wusste, das würde ein Nachspiel haben. Dieses kleine, höfliche Lächeln und meine Freundlichkeit ihr gegenüber, würden ihr ganz und gar nicht passen.

-And we where trying different things
We where smoking funny things
Making love out by the lake to our favorite song-

„Denkst du ernsthaft, du kannst jetzt auch noch sie angraben?"

„Ich wusste es", stöhnend vergrub ich mein Gesicht in beiden Händen.

„Wir sind so kurz zusammen und du hast nichts besseres zu tun, als auf *meiner* Geburtstagsfeier, wo ich dich *allen* das erste Mal vorstelle, meine *beste* Freundin anzuschmachten? Das ist traurig, Elijah." Sie betonte die einzelnen Worte dermaßen affektiert, dass mich allein der Klang ihrer Stimme wütend machte.

„Es ist traurig, dass du Dinge in Situationen herein interpretierst, die völlig belanglos sind. Ich bin ihr zufällig über den Weg gelaufen." Beschwichtigend versuchte ich, ihre Hand zu nehmen und sie ließ es zu. Ließ es zu, dass ich sie an mich zog und sie auf die Stirn küsste. Doch bevor wir auf die Party zurück kehrten, bevor sie mich ihrer Familie vorstellte, flüsterte sie kühl: „Wenn du ihr noch einmal so auf den Arsch guckst, wenn du irgendetwas bei ihr versuchst ... Werde ich dich töten, Elijah Granit." Sie lächelte zwar, aber sagte es so ernst, so fest, dass ich ihr in diesem Moment jedes dieser drohenden Worte abkaufte. Auch wenn sie nur aus dem Mund einer siebzehnjährigen kamen, die ahnungsvoll eifersüchtig auf ihre beste Freundin gewesen war.

-Slipping whiskey out the bottle, not thinking 'bout tomorrow
singing sweet home Alabama all summer long-

***

ADELINE

„An was erinnert dich dieser Song?", fragt Elijah und summt in schiefen Tönen All Summer Long von Kid Rock. Ich verdrehe die Augen und beiße von meinem Bagel ab, ohne zu antworten. Wieder ist das Frühstück auf die Minute pünktlich vor unserer Tür aufgetaucht. Daran kann ich mich gewöhnen. Nun gut ... das ist wohl auch das einzige, an was ich mich hier gewöhnen kann.

„Also?", bohrt Elijah nach, wackelt unbeholfen vor mir herum und ich schlucke ein viel zu großes Stück herunter, versuche mir ein Räuspern zu verkneifen, denn das könnte wieder in einem Hustenanfall enden, der dem Ersticken sehr nahe kommen würde. „Keine Ahnung, Sommer? Ist das jetzt wichtig?" Er sieht mich an, als hätte ich den Schuss nicht gehört, also füge ich hinzu: „Er erinnert mich an Isabellas siebzehnten Geburtstag."

„Ja! Ja, nicht wahr?"

„Was ist denn nur los mit dir?", frage ich entsetzt, denn sein Gesicht verzieht sich zu einer irre grinsenden Fratze, haarscharf Stephen Kings Penny Wise ähnelnd. Gruselig.

„Langsam glaube ich, all das hier zu verstehen." Er tippt sich mit dem Zeigefinger gegen sein Kinn und hört nicht auf, herum zu zappeln. Sein Frühstück hat er noch nicht angerührt, was so untypisch für Elijah ist, dass er mir immer mehr Angst einjagt. „Ich war heute früh wieder an der Rezeption."

„Und?", frage ich, erstarrt in der Bewegung und schaue ihn aufmerksam an.

Er atmet langsam aus, setzt sich endlich hin und zupft ein Croissant auseinander. „Dass wir hier sind, hat irgendeinen Sinn. Ich bin noch nicht dahinter gestiegen welchen, aber wir sind aus einem bestimmten Grund hier."

„Ja, natürlich sind wir das. Weil wir einen unvergesslichen Sommer erleben wollten. Und das ist uns jetzt schon gelungen, unvergesslich ist er allemal", seufze ich.

„Nein, das meine ich nicht." Elijah verdreht die Augen, hört nicht auf, das Gebäck zu zerfleddern. „Sie sagte, wir sollen unseren Urlaub genießen, bis zum sechzehnten Juli haben wir Zeit." Bedeutungsschwer senkt er die Stimme, das Gesicht noch immer verzogen und auf eine unheimliche Weise verzerrt.

„Äh, ja." Ich räuspere mich. Ein Fehler. Salzige Säure kommt von unten aus meiner Kehle und mein Gesicht wird heiß. Schnell trinke ich einen Schluck Kaffee. Nicht die schlauste Idee, das ungefähr als würde man Feuer mit Öl löschen wollen. „Der Sechzehnte Juli ist unser Abreisedatum, Elijah."

„Ja, ja." Er schüttelt den Kopf, faltet die Hände und fixiert mich mit sturmgrauem Blick. „Was, wenn wir sie bis dahin gefunden haben müssen?"

„Das wäre vorteilhaft, sonst müssten wir ohne sie nach Hause fliegen." Ich zögere. „Wobei, mittlerweile wäre es mir auch egal, wenn die Situation genau so eintreten würde. Ich kann mir nämlich was Schöneres vorstellen, als mit diesen beiden Huren vier Stunden auf engstem Raum eingepfercht zu sein. Das stinkt viel zu sehr nach Konfrontation und dafür bin ich noch nicht bereit, beim besten Willen nicht."

Verzweifelt gibt er ein Stöhnen von sich und rauft sich das ungewaschene Haar. „Adeline!"

„Was denn?" Entnervt stehe ich auf und knalle den Rest meines Bagels auf den Teller. „Du schnauzt mich pausenlos an, weil ich wahllose Spekulationen von mir gebe und jetzt fängst du an wie ein Irrer vor mir herum zu zappeln und zusammenhangsloses Zeug zu labern!" Langsam reißt auch bei mir der Geduldsfaden.

„Bitte, reg dich nicht auf."

„Ernsthaft? Das sagst gerade *du*?", hysterisch lachend verschränke ich die Arme, ohne, mich wieder hin zu setzen.

„Ich habe jetzt verstanden, worum es hier geht."

„Na dann lass doch hören, Elijah! Und stottere nicht herum, wie ein Geistloser."

Er ignoriert meine Beleidigung und fragt: „Was für Erinnerungen hast du an unsere erste Begegnung?"

„Was hat das mit unserer Lage hier zu tun?"

„Beantworte einfach meine Frage."

Ich zucke die Schultern. „Na, an Isabellas Geburtstag."

„Was war da?"

„Da hast du mich erwischt, wie ich mit mir selbst gesprochen habe."

„Und weiter?"

„Dann kam Isabella dazu und hat mich weg geschickt, die Blumen ins Wasser zu stellen."

Er sieht mich nickend an, als wartete er auf irgendetwas. Einen Einfall? Eine Erleuchtung? „Welche Blumen waren das, Adeline?"

Ich kneife die Lippen zusammen und weiche seinem Blick aus, der mich quasi an Ort und Stelle fest nagelt und kein Entrinnen zulässt. „Amaryllis", antworte ich gedehnt. „Es waren Amaryllis. Meine Lieblingsblumen." Die Erleuchtung kommt zwar mit dem Aussprechen dieser wenigen Worte, doch das Erschließen der Zusammenhänge zwischen Isabellas Geburtstag und ihrem jetzigen Verschwinden bleibt aus.

„Ich habe dich Amaryllis genannt, als ich dich gevögelt habe."

„Du musstest vielleicht an unser Kennenlernen denken."

„Nein, es hat sich nicht so angefühlt, als hätte ich dich zum ersten Mal so genannt."

„Auf was willst du hinaus, Elijah?", frage ich ungeduldig und klicke mit meinen Nägeln rhythmisch gegen meine Kaffeetasse, die schon wieder viel zu leer ist.

„Ich glaube, wir haben uns schon vor diesem unerwarteten Kuss gestern zueinander hingezogen gefühlt."

„Das glaube ich eher weniger"; sage ich trocken. „Ich fand dich furchtbar."

„Ich dich auch. Aber trotzdem heiß."

Ich schnaube, weniger belustigt und mehr entsetzt. „Und jetzt?"

„Das hat Isabella mit bekommen. Gleich nachdem sie dich hoch geschickt hat, die Blumen ins Wasser zu stellen. Bei unserer ersten Begegnung. Sie hat mir gedroht."

„Gedroht hat sie jedem, komm endlich zum Punkt."

„Sie hat bemerkt, wie ich dich angesehen habe. Sie sagte, sie würde mich umbringen, wenn ich dich weiter anschmachte."

„Du hast mich nie angeschmachtet."

„Bist du sicher?" Er runzelt die Stirn. „Ich mir nämlich nicht mehr so wirklich. Wenn ich an die Zeit vor diesem Urlaub versuche zu denken, fühlt sich mein Hirn wie Brei an. Als würde etwas meine Gedanken blockieren."

„Das könnte damit zusammenhängen, dass es Brei *ist*", lache ich.

„Siehst du ein, was ich meine?" Er ignoriert abermals meinen Seitenhieb. Untypisch.

„Eher weniger."

„Was, wenn es unsere Schuld ist, dass die beiden anfingen, sich anzunähern?", fragt er, kugelt die Fetzen seines ehemaligen Croissants zusammen und ordnet sie kreisförmig auf seinem Teller an. „Was, wenn sie das nur getan haben, weil wir beide nicht besser waren? Wenn wir uns ebenfalls offenkundig und vor ihren Augen mehr gemocht haben, als es richtig gewesen wäre?"

„Ich verstehe", krächze ich.

„Was, wenn wir beide etwas mit Isabellas und Joes Verschwinden zutun haben? Es nur nicht mehr wissen ... unseren eigenen Erinnerungen nicht mehr trauen können. Was, wenn Wanda davon weiß, wenn sie uns hier gefangen hält, unseren Verstand vernebelt hat, uns nicht gehen lässt?" Er schiebt den Teller beiseite und legt seine geballten Fäuste vor sich auf der Tischplatte ab. „Was, wenn wir bis zum sechzehnten Zeit haben, unser Vergehen zu erkennen, unsere Exfreunde zu finden und es wieder gut zu machen?"

Meine Unterlippe zittert, denn was er sagt, ergibt tatsächlich Sinn. Flüsternd werfe ich ein: „Viel wichtiger ist die Frage: Was, wenn wir sie *nicht* bis zum sechzehnten finden und was, wenn *nicht* wieder gut zu machen ist, was wir tatsächlich getan haben?"

Sonnenblumengelbe Baumwollshirts

Alles Glitzert im hellen Licht
Nimm' die Welle mit, bis die Welle bricht.

Marteria

ADELINE

„Wir haben sie getötet, nicht wahr?"

„Ich weiß es nicht, ich erinnere mich nicht."

„Deshalb halten sie uns hier gefangen."

„Wir hauen heute ab."

„Einfach so?"

„Ja, wir packen unser Zeug und verschwinden."

„Der Flughafen ist oben in Rosario, wir sind in Jandia, Elijah. Zu Fuß sind wir Tage unterwegs."

„Wir rufen ein Taxi."

„Mit wessen Telefon?"

„Wir finden schon jemanden, der eins hat!", er schreit fast, geht panisch im winzigen Wohnzimmer des Bungalows auf und ab, wie ich es sonst tue.

„Unsere Personalien sind weg, hast du das etwa schon wieder vergessen?"

„Wir haben Isabellas Reisepass."

„Wow, und das nützt uns bitte *was*?" Wütend stelle ich mich ihm in den Weg. „Jetzt hör' endlich auf damit, mir wird ganz schwindelig davon!"

„Wir fahren zum Flughafen, suchen ein Internetcafe und skypen unsere Familien an."

„Das klingt nach einem Plan. Aber was willst du denen sagen? Hey, wir benötigen dringend eure Hilfe. Wir haben vermutlich unsere Freunde ermordet und brauchen jetzt gefälschte Ausweise um hier weg zu kommen, aus dem Hotel, in dem uns eine Übergeschnappte gefangen hält und uns wie ihre kleinen, per-

89

sönlichen Psychoexperimente behandelt."

„Hast du eine bessere Idee?", zischt er und fuchtelt mit den Armen umher.

„Was ist das?", ich halte sein rechtes Handgelenk fest.

„Ein Tattoo, Adeline. Ist das jetzt wichtig?", doch er stutzt, als er genauer hinsieht. „Oh Gott, was *ist* das?" *Es* ist blaugrün und heiß, ein großer, geschwollener Fleck an seiner Handwurzel.

„Tut das weh?", frage ich und drücke sanft zu. Er zuckt zusammen und beißt die Zähne aufeinander. „Verdammt, ja!"

„Was hast du da gemacht?", frage ich entsetzt.

„Nichts!" Er entzieht mir seine Hand und betrachtet sie von allen Seiten. „Ich habe nichts gemacht."

„Nach Nichts sieht das aber nicht aus."

„Ist jetzt auch unwichtig, wir müssen hier weg. Pack' deine Sachen und wir verschwinden."

Ich haste ins Schlafzimmer, will unters Bett greifen, um meinen Koffer hervor zu ziehen, doch ich fasse ins Leere. Verwirrt lasse ich mich auf die Matratze fallen, atme tief durch und strenge meine paar Gehirnzellen an, die noch nicht vollends vernebelt worden sind, von diesem seltsamen Ort. „Elijah", rufe ich, „mein Koffer ist weg."

Er betritt das Zimmer, Haarsträhnen im Gesicht und gerötete Haut am Hals. Die Hand mit dem blauen Fleck an die Brust gepresst. „Meine Sachen sind verschwunden." Er reißt alle Schranktüren auf - Leere.

„Jemand hat unseren Kram gestohlen", aufgelöst beginne ich zu zittern, bohre mir die Fingernägel in meine Handflächen. „Wie willst du denn ohne Koffer, ohne Zeugs ... Ohne Ausweise das Land verlassen? Wir sitzen hier fest."

„Komm mit", er zieht mich an den Schultern hoch, gibt einen jaulenden Laut von sich, weil er ohne nachzudenken mit der rechten, blauen Hand zupackt.

„Was tust du denn?", frage ich, den Tränen nahe, denn er verlässt strammen Schrittes das Haus. Ich haste hinterher, was mir schwer fällt, denn er rennt fast. „Elijah, warte!"

„Wir gehen nicht durchs Hotel zur Straße."

„Sondern?"

„Am Wasser. Irgendwann gelangen wir schon an einen öffentlichen Badestrand, von dem aus muss es einen Weg zur Straße geben. Und Leute, die uns ein Telefon leihen können." Seine Schritte werden immer weiter, seine Venen an den Armen immer dicker und meine Atmung immer röchelnder, denn es knistert und raschelt schon wieder zwischen meinen Bronchien.

„Wenn du weiter so rennst", keuche ich, „kippe ich auf der Stelle um und sterbe an dieser grässlichen Bronchitis, werde an meinem eigenen Blut ersticken und dann kannst du meine Leiche zusammen mit Joe und Isabella verscharren."

Ruckartig bleibt er stehen, mit zusammen gezogenen Brauen.

„Was?", huste ich, halte mir einen Handrücken vor den Mund, der tatsächlich mit Blut besprenkelt ist. Panisch starre ich auf die roten, warmen Punkte auf meiner weißen Haut. Kühler, metallischer Speichel mischt sich mit salziger Säure zu dem ultimativ hässlichsten Geschmack, den es nach Kotze geben muss. Mein Magen zieht sich zusammen, als ich mich würgend nach vorn krümme.

„Leichen", knurrt er, ohne meinen Anfall zu beachten. „Es muss Leichen geben. Wenn wir die Mörder sind, dann müssen die Leichen in der Nähe sein."

„Jetzt malst du aber echt den Teufel an die Wand", meine Stimme ist kaum wieder zu erkennen, „ich meine, du glaubst doch wohl nicht ernsthaft, dass wir sie wahrhaftig *getötet* haben, oder?

Ausdruckslos starrt er mich an. „Du sagtest selbst, du hast das Gefühl, für ihr Verschwinden verantwortlich zu sein. Du warst es, die mich erst darauf gebracht hat."

„Ja", erwidere ich geduldig, „das habe ich. Ehrlich gesagt nur, um mich daraufhin von dir vom Gegenteil überzeugen zu lassen und nicht, damit du diesen Verdacht noch hübsch untermalst und ihn für möglich hältst!" Ich deute auf die tosenden Wellen, als er weder antwortet, noch zu starren aufhört. „Wenn es Leichen gibt, sind sie mit Sicherheit dort." Er folgt der Richtung meines Fingers und seine Pupillen weiten sich, denn er nimmt etwas ins Visier, was tatsächlich verdächtig nach Leiche aussieht.

***

ELIJAH

Wie hart Wasser sein kann, wenn es mit voller Wucht höher ragt als dein eigener Schädel und sich zu Wellen auftürmt, um Längen gewaltiger als dein Eigengewicht. Wie erbarmungslos es mir gegen die Brust knallt, wie es meine malträtierte Lunge einquetscht und sich unbarmherzig um meinen Hals schließt. Wie es in der Nase und in den Augen brennt, so salzig und ätzend. Kaum zu glauben, dass es Lebensraum so vieler fantastischer Erdbewohner ist, dass es so artenvielfältig und bunt dort unten ist, wenn es von oben doch so düster und kühl, so tot ausschaut.

Das sonnenblumengelbe Baumwollshirt treibt einige Meter vor mir im Meer. Ich bin mir so sicher, dass es das Kleidungsstück gewesen ist, in dem ich Joe als letztes in angezogener Form gesehen hatte. Bevor er nackt mit meiner Freundin in der Küche gefickt hat, versteht sich. Das sonnenblumengelbe Baumwollshirt ist der hässlichste Fetzen Stoff auf diesem Planeten, doch Joe konnte es tragen, es stand ihm.

Endlich bin ich nah genug, um danach zu greifen. Eine letzte, wütende Welle drückt mich unter Wasser und nimmt mir kurz die Orientierung, doch ich habe mich schnell wieder im Griff und ziehe das Hemd an mich. Zurück am Ufer wringe ich es aus und halte es ausgebreitet Adeline ins Gesicht, welches inzwischen kalkweiß geworden ist. Sie steht unter Schock, sie ist krank. Wir beide stehen unter Schock, wir beide sind krank. Wenn ich nicht schon vorher Fieber und Schüttelfrost gehabt hätte, dann ist es spätestens jetzt so weit, nachdem ich im kalten Atlantik auf Leichensuche gewesen bin. „Sehen wir es mal positiv, wenigstens war es kein Toter", murmele ich.

„Dieses hässliche Teil", antwortet Ads.

„Nur Joe konnte diese widerliche Farbe tragen."

Verständnislos sieht sie mich an, reißt das Shirt herunter, welches wie eine Barriere zwischen uns gegangen hat, doch nun bin ich gezwungen, ihren Blick zu erwidern. Ich bin mir nicht sicher, aber sie sieht aus, als würde sie sich über mich lustig machen. „Was ist?", frage ich verwirrt, denn sie muss sich dermaßen das Lachen verkneifen, dass ihr blasses Gesicht rot anläuft, was - um ehrlich zu sein - auch nicht viel gesünder aussieht.

„Bist du bescheuert, oder was?", prustet sie haltlos.

„Bist *du* bescheuert? Was gibt es da bitte zu lachen?", frage ich gereizt.

Sie kriegt sich gar nicht mehr ein, ihre Augen tränen und sie macht wegwerfende Gesten mit beiden Händen, dreht sich um sich selbst, bekommt kaum noch Luft. „Elijah", sagt sie schließlich atemlos, „das ist *dein* Shirt. *Du* hast es aus Überzeugung heraus getragen und *du* bist der einzige Mensch auf der Welt, der diese grässliche Farbe tragen kann."

Ich runzele die Stirn, greife nach dem Baumwollteil und halte es in die Sonne, als würde mir das beim Denken auf die Sprünge helfen. „Ich verstehe das nicht." Mein Herz schlägt mir schmerzhaft gegen die Rippen, presst meine Lungen noch kleiner zusammen, zu zusammengeknüllten, benutzten Taschentüchern. „Wieso habe ich ein Bild von Joe im Kopf, wie er das Teil trägt, bevor wir ihn mit Isabella erwischt haben?"

„Ich habe keine Ahnung, El, aber sieh' mal", sie nimmt es mir wieder ab und sucht nach einem Schild am Kragen. „Deine Initialen. E.G. Du hast sie mit wasserfestem Folienstift eingetragen, nachdem Isabella es wegwerfen wollte. Ihr habt euch so oft gestritten wegen dieses Shirts, sie hat es gehasst."

„Wow...", stottere ich, „wie kann es sein, dass ich das nicht mehr weiß?"

„Ich denke, das weißt du selber, oder?"

„Wanda", antworte ich fest und Ady nickt mit zusammen gepressten Lippen.

***

ADELINE

Kennt ihr dieses Gedicht voll von Gegensätzen, in dem der tot-
geschossene Hase auf der Sandbank Schlittschuh lief? In dem es
dunkel war und der Mond helle schien. In dem ein Auto blitz-
schnelle, langsam um die Ecke fuhr?

Ich habe das Gefühl, dieser Ort verkörpert genau das. Man
denkt, man habe verstanden, worum es geht und schon tut sich
eine Kluft auf, die das Gegenteil beweist. Aber, ich habe die
Schnauze voll davon. Ich bin genervt, ja gar wütend. Womit haben wir das verdient? Wieso sitzen wir hier fest, wieso nicht die
anderen? Ich kann mir nicht vorstellen, Joe und Isabella wahrlich getötet zu haben. Das ist absolut utopisch. Vielleicht haben
wir sie vertrieben, aber im Grunde ist das auch nicht unsere
Schuld - sie haben sich das selbst eingebrockt. Sie allein haben
Schuld an unserer Wut, unserem Ausraster vom 3. Juli. Sie allein - nicht Elijah, der sie wie versteinert angestarrt hat, nicht
ich - die vor Fassungslosigkeit ihren Drink im Gesicht von Joe
verschüttet hat. Nein.

Wir laufen seit gut dreißig Minuten am Strand entlang, die
Sonne prallt mit voller Kraft auf meine nackten Schultern und
mir ist so schummrig, dass ich meine Füße in der Bewegung
verschwommen wahrnehme, als ich zu Boden starrend Elijah
folge. Meine Haut brennt vor Hitze, genau wie meine Lungen.
„Noch zwei Minuten länger und ich sterbe", verkünde ich, halte
ihn am Shirt fest und er dreht sich ruckartig um.

„Das darf alles nicht wahr sein."

„Tut mir leid, mir geht es nun mal nicht besonders gut!", fau-
che ich, ehe ich bemerke, dass er nicht meine Aussage kommentiert hat, sondern das, was vor uns liegt. Keine Leiche, nein.
Kein sonnenblumengelbes Shirt. Kein kaputtes Handy.

Vor uns liegt das Hotel, als wären wir auf gerader Strecke, am
Meer entlang, im Kreis gelaufen. Was so unmöglich ist, dass
mir langsam schwant verrückt zu werden. „Was zum Geier",
stammele ich. Obwohl mir brechend warm ist, läuft es mir eis-

kalt den Rücken herunter. Das kann nicht sein. Das geht nicht. Das ist unmöglich. Oder?

„Wir kommen hier nicht weg", sagt Elijah sachlich, mit einem mal komplett gefasst und ruhig. Ganz genau so, wie in dem Augenblick, als wir Joe und Isabella erwischt haben.

„Bitte, hör auf, so unheimlich zu sein", flüstere ich.

„Was?", fragt er gelassen.

„Schrei' rum, schlag' um dich, wirf irgendwelche Felsbrocken ins Meer. Tu irgendetwas Elijah-mäßiges", flehe ich, „aber bitte, bitte hör auf, so ruhig drein zu blicken, als hättest du dich selbst aufgegeben." Ich stelle mich ihm gegenüber, so nah es geht. Er riecht nach Schweiß und nach Sonnencreme. Obwohl letzteres nicht sein kann, denn er cremt sich nie ein, was mich wahnsinnig macht. „Als hättest du uns aufgegeben."

„Was soll ich denn noch machen?"

Ich will ihm das gelbe Kleidungsstück abnehmen, welches er mit seiner unverletzten Hand fest umschlossen hält. Versuche seine Finger sanft zu lockern und schaue ihm in die Augen, wenngleich er über mich hinweg auf den Ozean starrt. Dieses Starren. Es ist eine Eigenart, die mich ebenso wahnsinnig macht, wie die Tatsache, dass er sich niemals eincremt, sich lieber den gefährlichen UV-Strahlen ungeschützt aussetzt. „Sieh' mich an", bitte ich, doch er reagiert nicht. Also lege ich ihm das feuchte, zusammengerollte Shirt um den Nacken, halte es an beiden Seiten fest und ziehe ihn zu mir herunter. Bis seine Lippen so nah sind, dass ich meinen könnte, sie schon zu schmecken, ohne sie auch nur zu berühren. „Bitte, verzweifle nicht", hauche ich, „egal was hier los ist … Egal, was hier abgeht. Wir sind zusammen hier. Wir sind nicht allein. Wir haben uns."

„Ob ich nun allein sterbe, oder mit dir …"

„Elijah", stöhne ich genervt. „Wenn das hier nicht echt ist, dann können wir auch nicht sterben."

„Und was glaubst du, ist *das hier* sonst?", er löst sich von mir, reißt das verdammte Shirt zu Boden und rauft sich das Haar. Endlich, er ist wieder er selbst. „Eine Halluzination wird es nicht sein."

„Gehen wir nochmal durch, was Wanda gesagt hat."

„Was soll das bringen?"

„Zick' nicht so rum", augenrollend stoße ich ihm eine Faust in die Rippen, was er mit einem leisen Ausatmen quittiert. „Ich glaube, sie hat uns Hinweise gegeben."

„Hinweise? Die Frau hat in Rätseln gesprochen."

„Rätsel sind da, um sie zu lösen."

„Wow, das hätte fast von Isabella kommen können." Mit einem kratzigen Lachen lässt er sich in den Sand fallen. Ich tue es ihm nach. „Also, was sollen das für Hinweise sein?"

„Sie hat ständig darauf hingewiesen, welche Beziehungen wir zueinander haben. Wir - im Sinne von Isabella, Joe, dir und mir. Vielleicht will sie, dass wir erkennen, was wir vorher versucht haben, zu verbergen."

„Dass wir aufeinander standen, obwohl wir in einer Partnerschaft mit dem jeweils anderen waren. Habe ich doch vorhin schon gesagt."

„Genau", nickend vergrabe ich meine Hände im warmen Sand. „Das erklärt aber noch lange nicht unsere Erinnerungslücken."

„Ich habe mich, als ich heute früh mit Wanda gesprochen habe, an unsere erste Begegnung erinnert."

„Siehst du", sage ich triumphierend, „ein Hinweis."

„Das würde bedeuten, sie kann kontrollieren, an was ich denken soll. Das ist absolut unmöglich. So etwas gibt es nicht."

„Wenn sie uns Sachen vergessen lassen kann, kann sie mit Sicherheit auch bestimmen, an was wir uns wieder erinnern sollen, oder?"

„Nein, Ads, so etwas klappt nicht in Echt. Das geht nicht. Dinge zu vergessen, ist eine Sache. Aber du kannst dich nicht bei Knopfdruck an Situationen erinnern, weil ein anderer das gerne so hätte. Wie ... mit einer Fernbedienung, die sie betätigt hat, oder dergleichen. Das gibt es in Sciencefiction Filmen, aber nicht in Wirklichkeit."

Zähneknirschend wiege ich den Kopf von rechts nach links, versuche mich an die Worte zu erinnern, die ich mit Wanda gewechselt hatte. „In Wirklichkeit geht auch nicht, dass man 'ne halbe Stunde am Strand entlanggeht und an derselben Stelle landet, an der man los gegangen ist."

Elijah zieht angestrengt die dichten, schwarzen Brauen zusammen, verkneift sich eine Widerrede und nickt bloß. „Ich weiß nicht, ich glaube, wir kommen so nicht ans Ziel."

„Was auch immer unser Ziel sein mag", murmle ich.

„Am besten wir fragen Wanda einfach", sagt er schlicht. Achselzuckend steht er auf und streckt mir seine große Hand entgegen. „Sie gibt doch so gern Hinweise, soll sie uns endlich einen Hinweis darauf geben, was zum Teufel wir hier sollen."

Gläserne Schneekugel

You were the shadow to my light
Did you feel us
Another start
You fade away

Alan Walker

A D E L I N E

Es gibt nur wenige Dinge, die Joe nicht ausstehen kann. Joe mag jeden und jeder mag Joe, er ist so dermaßen mittelmäßig in allem, was er tut, dass die meisten ihn wohl als langweilig bezeichnen würden. Doch mich hat das nie gestört - ganz im Gegenteil. Ich mag keine einfältigen Leute, wer mag die schon. Aber seine Einfältigkeit war heimlich, sie war ein Fels in der Brandung, eine Beständigkeit, welche ich mein ganzes bisheriges Leben gesucht hatte. Seine Launen sind vorhersehbar und gehen niemals ins Extreme. Er ist wütend, wenn er wütend ist und er ist traurig, wenn er traurig ist. Wenn er gute Laune hat, was meistens der Fall ist, ist er gut gelaunt. Sein Lachen ist ansteckend, aber nicht besonders laut und seine Augen sind wach und klar, aber sie strahlen nicht. Sie strahlen nicht so, wie es Elijahs Augen getan haben, als er mich angesehen hat, während ich mich vor ihm ausgezogen habe. Sein Lachen ist kein Klang purer Ausgelassenheit, purer Natürlichkeit, wie Elijahs, wenn er sich über seine eigenen Witze amüsiert. Seine Launen sind wie vorprogrammiert, kontrollierbar und begründbar, nicht wie Elijahs, wenn von einer zur nächsten Sekunde seine donnernden Emotionen über mir zusammen brechen, mich mitreißen und verschlingen - aber auf keine erstickende Weise, sondern auf eine Art, wie nur seine Emotionen es können.

Nein, es gibt wirklich nicht viel, was Joe beschreiben kann, was man über ihn erzählen kann, wie man fremden Menschen seinen Charakter lebhafter, bildhafter erscheinen lassen kann. Nein, es gibt keine großen Wutausbrüche, keine Explosionen kochender Leidenschaft und keine Dinge, über die wir stundenlang lachen, streiten, diskutieren könnten. Denn, wie soll ich sagen, es gibt nur wenige Dinge, die Joe nicht ausstehen kann.

„Joe hätte sie gemocht", platze ich heraus.

„Wie kommst du denn darauf?"

Ich tippe mir auf den Nasenrücken und nicke Wanda zu, die wir von weitem durch die Lobby hinweg beobachten. Mit einem Klemmbrett an die beachtliche Brust gepresst starrt sie Löcher in die Luft, während ihr Gorilla hinter ihr Wache hält. „Sie hat noch nicht ein einziges Mal ihre Brille hoch geschoben." Ich schnalze mit der Zunge. „Obwohl sie genau genommen viel zu groß für ihre kleine Nase aussieht."

Verständnislos schaut Elijah mich von der Seite an. Ich verdrehe die Augen und bereue sofort, dieses Thema angesprochen zu haben. „Er kann es nicht leiden, wenn man ständig seine Brille nach oben schiebt", nuschele ich mit einem Blick auf meine zerkratzten Handgelenke.

„Wow", macht er, „dabei gibt es so wenig Dinge, die Joe nicht leiden kann."

Ich muss kichern und kneife die Lippen zusammen, denn es kommt mir albern vor, über so etwas zu lachen. Dann hat er eben exakt meine gedachten Worte laut ausgesprochen - na und? Kein Grund deswegen auszuflippen. Kein Grund, deswegen Herzrasen zu bekommen. Absolut - nein. Das hier ist kein Zeitpunkt, meinen flatternden Schmetterlingen Beachtung zu schenken, die sich langsam immer vermehrter zu entpuppen drohen.

„Wieso trägst du deine eigentlich überhaupt nicht?", frage ich Elijah, um von meiner flacher werdenden Atmung abzulenken, die meinen schmerzenden Lungen ordentlich zusetzt.

„Was?" Teilnahmslos runzelt er die Stirn.

„Deine ... äh, deine Brille. Du trägst sie gar nicht." Ich zeige auf seine Nase.

Verwundert blinzelt er ein paar mal. „Du hast recht, ich trage sie gar nicht. Merkwürdig, ich kann trotzdem so gut sehen, dass es mir nicht einmal aufgefallen ist."

„Hast du Kontaktlinsen drin?"

„Ich kann ..."

„Die Dinger nicht ausstehen", beende ich lächelnd seinen Satz und er lacht leise. „Im Gegensatz zu Joe kann ich so einiges nicht ausstehen", ergänzt er achselzuckend.

„Deine Brille gehört so sehr zu dir, dass ich immer dachte, sie wäre mit deinem Gesicht verwachsen. Und trotzdem fällt es mir erst jetzt auf, dass du sie seitdem wir hier sind nicht getragen hast."

„Ein wichtiges Detail dieser Ermittlung", er schiebt sich eine lockere Faust unters Kinn und schaut aufgesetzt grübelnd zu unserer unheimlich gut aussehenden und unheimlich unheimlichen Reiseleiterin.

Ein lautes Lachen bricht aus mir heraus und ich erwische mich dabei, wie ich Elijah staunend beobachte. Er ist so normal, so positiv. Trotz alldem, was hier vor sich geht. Wie kann ein Mensch so viel in sich haben?

So viel in sich haben ... Ich meine, so viel Energie, so viel Lebenslust, so viel Wut und so viel Liebe. Leidenschaft für seine Kunst, Leidenschaft für blöde Witze und neunmalkluge Sprüche. Wie kann man diesen Mann eigentlich nicht faszinierend finden? Wie konnte ich ihn nicht faszinierend finden, seit unserer ersten Begegnung?

„Der wievielte ist heute?", frage ich und er wird schlagartig ernst.

„Der achte Juli, oder?"

„Der sechste Urlaubstag", will ich ergänzen, doch ich kann nicht, mir bleibt der Mund offen stehen, als habe man mir einen Knebel hinein gestopft. Mit einer Schlagartigkeit, die nicht natürlich sein kann, ist mir, als steckten wir fest - in unseren Bewegungen, mitten im Atemzug. Als seien wir gefangen in einer Schneekugel, die nicht mit Wasser gefüllt, sondern komplett aus Glas bestehend ist. Und dann, völlig unerwartet, greift ein Riese nach der Schneekugel und schüttelt sie wie verrückt, mit dem freudigen Erwarten etwas Großartiges würde geschehen, die Schneeflocken würden zu glitzern beginnen, oder kleine Lichter am Boden des Glases würden bei Erschütterung zu leuchten beginnen. Was weiß ich, wie so ein Ding funktioniert. So stelle ich es mir in diesem Moment vor, das ist der skurrile Gedanke, den mein Hirn in der Sekunde zusammen reimt, wie bruchstückhafte Fragmente eines halben Ganzen, welches unbegründet in mein Bewusstsein gelangt ist.

Wandas Kopf dreht sich unnatürlich weit in unsere Richtung, so weit, als wäre er nicht mit ihrer Wirbelsäule verbunden. Als sei sie eine Eule, die eine Maus erspäht hat. Können Eulen nicht ihre Köpfe so weit drehen? Oder waren es Adler? Nein, ich bin mir sicher, dass es Eulen sind, die das drauf haben. Ihre Augen sind weiß, komplett weiß, keine Pupillen, keine Äderchen, kein gar nichts. Ich versuche panisch, nach Elijahs Arm zu greifen, doch der Riese schüttelt unsere Schneekugel so stark, dass all meine Nervenenden zucken und beben, meine Knochen summend unter meinem Fleisch vibrieren. Ich rudere hilflos mit den Armen ins Leere, kann meine Augen nicht in den Höhlen bewegen und habe absolut keine Kontrolle mehr über meinen eigenen Körper. Ich will schreien, will nach Luft schnappen, doch meine Gliedmaßen bewegen sich unabhängig davon, wie ich es will.

„Heute ist der neunte Juli, der siebte Urlaubstag", ihre Stimme ist blechern und echot an den Wänden wider. Man kann den Schall ihrer Worte wie kleine Wasserwellen in der Luft sehen, wie sie sich vervielfachen, je lauter sie wird. „Euer Abreisedatum ist der sechzehnte Juli."

Keuchend breche ich auf den kühlen Fliesen zusammen, die Luft ist nicht länger gläsern und meine Knochen haben zu zittern aufgehört. „Zum Teufel nochmal", schluchze ich und wische mir einen Schweißfilm von der Stirn. „Zum Teufel nochmal, was ist das hier!", ich suche verzweifelt nach Elijahs Armen, doch sie haben mich schon von allein gefunden und schlingen sich schützend und warm um mich. „Ich bringe die Schlampe um", knurrt er, drückt mich an sich, zieht mich zurück auf die Beine, die sich wie gekochte Spaghetti anfühlen. „Wenn sie dir noch einmal so etwas antut, dann schwöre ich, dass ich sie umbringen werde."

„Was meinst du, *mir*?"

„Du bist zusammen gebrochen, als sie dich angesehen hat."

„Du nicht?"

„Nein."

„Aber, wieso?"

„Konnte mich bei dem Beben an der Stuhllehne fest klammern."

„Du meinst, das war ein Erdbeben?"

„Kein gewöhnliches, hast du ihre Augen gesehen?"

„Wo ist sie?"

„Steht dort, als wäre nichts passiert!", brüllt er und die Frau mit dem Dutt lächelt uns förmlich entgegen.

„Was kann ich heute für Sie beide tun?", fragt sie freundlich, legt das Klemmbrett auf dem Tresen ab und faltet ihre manikürten Hände auf dem blanken Papier. Warum schleppt sie ein Klemmbrett mit unbeschriebenen Blättern umher?

„Das kann doch nicht wahr sein", stöhne ich und krampfe die Finger meiner rechten Hand um meinen linken Unterarm. Es hat nicht die Wirkung, die ich mir erhofft hatte. Kein Brennen, kein Ziehen. Meine Haut ist wie taub. Wie Tot. Tot ...

„Heute ist *nicht* der neunte Juli!", ruft Elijah. Mit ausgestrecktem Finger zeigt er auf die Frau mit dem Blazer.

„Doch, und ob. Der neunte Juli zweitausendundachtzehn."

„Wie kann denn der neunte Juli sein, wenn ich am achten Juli nicht ins Bett gegangen bin? Wenn es nicht dunkel geworden ist, am achten Juli? Hm? Wie wollen Sie mir das wissenschaftlich erklären?" Seine Stimme überschlägt sich und er baut sich zwischen mir und der Reiseleiterin auf, als wolle er mich vor ihr abschirmen.

„Ich dachte, Ihnen liegt Wissenschaftliches ohnehin nicht so, Herr Granit." Mit einem leichten Zucken ihrer roten Mundwinkel deutet sie ein weiteres, künstliches Lächeln an. Wenigstens sind ihre Augen nicht mehr weiß. Trotzdem gelingt es mir nicht länger, sie öfter als nötig anzusehen. „Es ist, weil wir versucht haben, zu fliehen", flüstere ich. Schwere Tränen rollen mir über die Wangen, ich glaube, ich kann gar nicht mehr aufhören zu weinen. Die Schleusen sind geöffnet und wollen sich nicht mehr schließen. Ich verweine meine gesamte Flüssigkeit, bis ich dehydriere und tot umfalle. Tot …

Salziges, warmes Tränenwasser auf meinen Lippen, vermischt sich mit dem, was kontinuierlich aus meinem Rachen weicht, wenn ich mich auch nur kurz räuspere. Mit dem Zeug, welches aus meinen Lungen austritt. „Wir können hier nicht weg, das ist uns jetzt klar. Haben Sie uns deshalb einen Tag genommen? Ist das ... eine Art Strafe?" Ich schiebe den Berg von Mann zur Seite und stelle mich der Frau gegenüber, die sich keine einzige Gefühlsregung ansehen lässt. „Eine Strafe, weil wir versucht haben, zu gehen?"

„Sie verstehen nicht, Adeline." Kopfschüttelnd atmet sie durch. „Sie werden hier keineswegs bestraft. Das hier ist Ihr Urlaub, Ihre Reise." Weiße, gerade Zähne blitzen hinter ihren roten Lippen hervor. „Sie sind hier, weil Sie selbst es so wollten."

„Tut mir leid, Wanda, aber ich verstehe tatsächlich rein gar nichts." Ich schlucke hart, ein saurer Geschmack belegt meine Zunge.

„Es ist gar nicht so schwer, Adeline. Sie müssen nur überlegen, was sie als letztes gedacht haben."

„Was?", verzweifelt raufe ich mir das verknotete Haar. „Was soll das, Wanda? Warum bin ich hier? Wo sind Isabella und Joe? Was habt ihr mit ihnen gemacht?"

„Die Frage ist nicht, was *wir* mit ihnen gemacht haben, sondern was *ihr* mit Ihnen gemacht habt."

„Also ist es doch eine Strafe!", mischt Elijah sich ein. „Wir haben sie aus Eifersucht und Wut verschwinden lassen und sollen jetzt dafür bezahlen."

„Sie verdrehen die Wahrheit, Elijah. Dabei sind Sie so nah dran, klar zu sehen."

„Wenn Sie, verfickte Scheiße nochmal, nicht ständig in Rätseln sprechen würden, dann würden wir auch *klar sehen*!"

„Wieso erinnern wir uns nicht, was mit Joe und Isabella passiert ist?"

„Ganz einfach", sagt Wanda achselzuckend, „weil Sie sich zuerst daran erinnern müssen, was mit Ihnen selbst passiert ist."

„Oh mein Gott, ich kann nicht mehr", kreische ich, wende mich ab und renne zum Ausgang. Wenn ich mir eine Sekunde länger anhören muss, wie diese Frau uns verarscht, vergesse ich mich selbst - da bin ich mir sicher.

***

ELIJAH

Sie so zu sehen, zerreißt mich innerlich. Sie ist nichts weiter als ein Schatten ihrer selbst, eine Hülle, die immer weiter verwelkt. Ihre Haut ist aufgekratzt und rot, ihre wunderschönen Augen geschwollen. Wie sie aus der Lobby rennt, als würde sie gejagt, gejagt von ihren eigenen, schaurigen Überlegungen und Spekulationen darüber, was hier vor sich gehen könnte, bringt mich auf die Spitze maximaler Wut. Langsam und bedrohlich gehe ich einen weiteren Schritt auf Wanda und ihren Macker zu. „Es reicht, die Show ist vorbei", sage ich.

„Ist sie das?", belustigt zieht Wanda eine Augenbraue hoch. Wow, welch eine Überraschung, eine Regung in ihrem steinernen Antlitz. „Sie haben noch sieben Tage, Elijah. Nutzen Sie sie weise."

„Und wenn nicht?"

Lächelnd wendet sie sich ab und verschwindet hinter ihrer roten, gottverdammten Tür, ohne zu antworten. Ich will schreien, will ihr hinterherrennen, will ihr ein Messer an ihre dürre Kehle halten, will, dass sie drum bettelt verschont zu werden, drum bettelt, frei gelassen zu werden, wie wir es jetzt tun müssen. Will ihren Macker vor ihren Augen bewusstlos prügeln.

Ich bin nicht erschrocken von meinen blutrünstigen Gedanken, bin nicht geschockt von diesem Durst nach Gewalt. Dinge mit Drohungen zu erzwingen ist kein feiner Schachzug, aber ich bin auch nicht fein, ich bin kein Joe, ich bin Elijah Granit und wenn hier irgendwer ein weiteres Mal versuchen sollte, Adeline etwas anzutun, werde ich denjenigen töten.

***

Versteift steht sie mit dem Rücken zu mir an der offenen Bungalowtür. Sie regt sich nicht, keinen einzigen Millimeter. Es ist vollkommen still, bis auf das leise, schnelle Kratzen ihrer Nägel über der dünnen Haut ihrer Unterarme. Ihr Haar ist strähnig und klebt ihr am nackten Rücken, der Sonnenbrand leuchtet knallrot auf ihren schmalen Schultern. Der einzige Farbtupfer auf diesem grauen Gemälde zwischen vertrockneten, blassgelben Palmenblättern im Vorgarten der Finca. Im Ödland dieser Insel.

„Ads? Was ist los?" Ich bin ihr in die Dunkelheit gefolgt, nichtsahnend was mich hier erwarten würde, einfach sauer wegen Wanda und wütend wegen des Mackers im Sacco und rachsüchtig, weil all das Adeline so aus der Bahn wirft, ihr so schadet. Mehr noch als mir. Warum es so schnell dunkel geworden ist, ist mir schleierhaft. Eigentlich gibt es hier nichts mehr, was mir nicht schleierhaft ist. Die Zeit scheint in ihrem eigenen Tempo voranzuschreiten. Wann immer sie will stehen zu bleiben oder schneller zu vergehen. Vom Gefühl her vermute ich, dass die Tage immer kürzer werden, je länger wir hier sind - und dass die Nächte länger dauern, was das Unheimlichste von allem ist.

„Hey, Süße, was ist denn?", frage ich erneut sanft und lege ihr von hinten meine Arme um den Bauch, halte ihre Hände fest, damit sie aufhört, sich selbst zu verletzen. Meine Sicht ins Haus wird nicht länger versperrt und ich entdecke, welch Grausamkeit sie in diese Schockstarre versetzt hat.

Der letzte Hinweis

A D E L I N E

Blut getränkte Seidentuniken kleben auf den Fliesen, zusammen geknäult und triefend nass. Der Boden ist verschmiert und Isabellas Strandtasche liegt am Ende des Raumes. Schon wieder. Ihr Inhalt verstreut auf dem Boden. Schon wieder. Die Gegenstände sind rot bespritzt.

„Ich sehe es jetzt. Ich kann es jetzt sehen. Es war nicht bloß Wasser, was die Fliesen nass gemacht hat", krächze ich, mein Körper hört nicht zu zittern auf, meine Lungen brennen so heiß, als würden sie endgültig auseinander reißen. „Von Anfang an nicht."

„Was?", fragt Elijah so leise, dass ich ihn kaum verstehen kann.

„An demTag ..." Ich atme langsam aus. „An dem Tag, an dem sie verschwunden sind. Isabellas Sachen", ich deute auf die rot besudelte Korbtasche, „waren nass. Die Fliesen, waren nass. Ich bin ausgerutscht."

„Ich erinnere mich", antwortet Elijah.

„Ich mich auch", hauche ich. „Und zwar an einiges."

„Wie meinst du das?", Elijahs Stimme erhebt sich über mir, türmt sich vor mir auf, bereit, mich wieder einmal unter sich zu begraben, mich zu überwältigen. „Adeline. Rede."

„Halbzeit. Wir haben Halbzeit. Deshalb wollte sie, dass sich der Tag schneller dem Ende neigt."

„Bitte, Ads. Höre auf, so wirr zu reden, du machst mir Angst."
Seine großen Hände schließen sich schützend um meine Fäuste,

doch ich spüre es nicht mehr. Ich spüre gar nichts mehr, bis auf die blanke Panik, die sich mir dank meiner neuen Erkenntnisse um die Kehle zieht wie elektrisierende Tentakel.

„Erinnerst du dich nicht?", frage ich gequält.

„An was denn, Ady?"

„Erinnerst du dich nicht an unsere Verbundenheit, während wir miteinander geschlafen haben?"

Seine Augen werden glasig und er leckt sich bedächtig über die definierten Lippen. „Ich erinnere mich, sehr gut sogar. An jedes Detail, um genau zu sein."

„Den Hinweis, den wir uns bei Wanda holen wollten", setze ich zitternd an, „den haben wir uns schon selbst gegeben."

Dunkle Schatten legen sich über sein schönes Gesicht, die Deckenbeleuchtung flackert und zuckt, wie zur Unterstreichung meiner Worte. „Das, was du denkst, ist absolut unmöglich. Absolut abwegig. Nahezu verrückt."

Nickend stimme ich ihm zu. „Das dachte ich auch, bis ich das hier sah", mit einer Geste deute ich das Chaos vor unseren Augen an.

„In dem Haus passieren komische Dinge. Das wissen wir schon. Wieso sollte dieses komische Ding hier mehr Bedeutung haben als die anderen komischen Dinge?" Seine Frage ist berechtigt, aber nicht tragend.

„Hat es nicht. Es hat nicht mehr oder weniger Bedeutung als das, was wir hier vorher schon erlebt haben. Alles zusammen", ich löse meine Hände aus seinem sanften Griff und breite die zerkratzten Arme aus, „alles zusammen ergibt das Ganze."

„Und das Ganze wäre?"

„Du hast es selbst erkannt, das konnte ich in deinem Gesicht sehen", erwidere ich müde. In dem Moment weiß ich: Schon bevor ich es aus aussprechen werde, werden meine eigenen Worte Spuren hinterlassen, die sich nie wieder verwischen lassen. Spuren, die nie wieder verschwinden würden. Die mein Leben und das von Elijah für immer prägen würden, egal, wie ich es formulieren werde. Egal, wie ich die Worte zusammenfüge, sie zusammen schmiede, als wären sie ein Rätsel, das sich langsam ganz von allein ergänzt und Sinn ergibt. Er ist schon selbst darauf gekommen, in der Sekunde, als er seine Lippen auf meine gedrückt und sich mir hingegeben hat. In der Sekunde, in der wir uns liebten, uns wirklich liebten. Es war kein kleiner Fick, es war kein Miteinandersein aus purer Lust und Laune heraus. Nicht nur, weil wir beide vollkommen aufgelöst und verletzt waren. Nicht nur, weil wir auf engstem Raum miteinander Zeit verbachten, allein. Nicht nur, weil er attraktiv ist und weil er mich attraktiv findet.

Wir haben miteinander geschlafen, weil wir uns lieben.

„Jeder Mensch hat einen Racheengel, der sich vor seinem Ableben eigens um tief verborgenste, dunkelste Wünsche kümmert", flüstere ich. Obwohl es unerträglich warm im Bungalow ist, ist mein Körper übersät mit Gänsehaut. Elijah sagt nichts, starrt mich nur an, als sei ich vollkommen übergeschnappt. Als sei ich der Grund, warum wir uns wie Verrückte fühlen. „Das ist es, was Wanda mir gesagt hat. Das war ihr letzter Hinweis."

„Ihr letzter Hinweis?"

„Es gibt keine Hinweise mehr. Wir haben nur noch sieben Tage."

„Wieso zum Teufel habe ich dann nicht gehört, dass Wanda das gesagt hat?"

„Ich weiß es nicht." Niedergeschlagen krümme ich mich auf dem Boden zusammen, meine nackten Füße auf dem frischen Blut. „Ich weiß es nicht, ich weiß es nicht!", verzweifelt kralle ich meine Hände ins verfilzte Haar, wiege mich hin und her. Will, dass das Surren aus meinem Schädel, das Brennen in meinen Lungen und das unaufhörliche Gefühl von Furcht endlich verschwinden. „Als das Beben war, da hat sie es mir gesagt."

„Adeline, Süße, das ist wahnsinnig." Er klingt besorgt, ängstlich. Elijah Granit in Angst. Nicht gerade etwas, was sich beruhigend auf mich auswirkt.

„Sie hat es mir gesagt. Sie hat es mir direkt in den Kopf gesagt."

„In den Kopf gesagt?" Elijah beugt sich zu mir herunter, will mich hochziehen, doch ich lasse mich so auf den Boden fallen, dass er keine Chance hat, mich mit seiner letzten Kraft anzuheben.

„Das hier ist unser letzter Hinweis. Wir müssen selbst darauf kommen."

„Was soll das? Du machst mich ganz kirre!", schreit er. Der Ton spaltet meinen Kopf wie Rasiermesser und ich kann fühlen, wie die Äderchen in meinen Augen platzen. „Was für ein Racheengel, hm? Meinst du etwa, Wanda ist dieser Racheengel? Denkst du etwa, sie rächt Isabella und Joe, weil wir miteinander geschlafen haben, *nachdem sie uns betrogen haben*?", ruft er, schlägt mit aller Kraft gegen die Wand. Etwas bröselt auf die Fliesen. Weiße Flocken in dunklem Rot.

„Nein, nein. Du verstehst es nicht. Du verstehst es immer noch nicht!", heule ich.

„Dann bring mich verdammte Scheiße nochmal darauf!"

„Ich kann nicht! Verstehst du denn nicht? Ich kann nicht! Du musst selbst darauf kommen! Sie sagt, du musst selbst darauf kommen! Gott, Elijah, beeil dich, oder wir werden für immer verloren sein!" Dunkle Massen schlucken mich in ihren Schlund aus Schmerz und Angst und ich fühle, das erste Mal seit langem, etwas wie Erleichterung, als ich ohnmächtig werde.

* * *

E L I J A H

Ihr stumpfes Haar klebt an ihrer schweißnassen Stirn und unter ihren sonst so munteren, lebhaften Augen liegen dunkle Schatten. Diese Insel wird uns umbringen, das weiß ich jetzt. Wir hängen in ihrem Netz, strampeln verzweifelt mit Armen und Beinen, aber verheddern uns damit nur noch mehr. Es gibt keinen Ausweg mehr, kein Entrinnen.

Nachdem ich die bewusstlose Adeline ins Bett gebracht hatte, bin ich nach draußen, an den Strand. Anstatt wieder brüllend Steine gen Ozean zu schleudern, sitze ich einfach im Sand und schaue wie betäubt zum Horizont. Hätte ich geahnt, dass dieser Urlaub so endet, hätte ich mir auch Tickets nach Süddeutschland buchen und die Ferien mit meinen Eltern verbringen können. Alles wäre besser gewesen. Alles.

Die Worte, die Adeline entfahren waren, kurz bevor sie ohnmächtig geworden ist, setzen mir zu. Immer wieder höre ich das Kreischen ihrer verzweifelten Stimme, nehme ihre Panik in mir auf, obwohl ich windend versuche, mich ihr zu entziehen.

„Racheengel", murmle ich. Mir ist der Gedanke gekommen, dass das hier eine Strafe sein könnte. Aber diese Strafe ist einfach ungerechtfertigt. Es sei denn, die beiden wären unseretwegen ums Leben gekommen, was unmöglich ist, da ich sehr wohl wissen würde, wenn ich jemanden getötet hätte.

„Der letzte Hinweis."

Der letzte Hinweis, unser letzter Hinweis, soll das Blut im Flur gewesen sein. Blut, das nicht von uns beiden sein kann. Blut, dass dort jemand anderes verloren haben muss. Aber wer? Und vor allem, wie? Wir waren nur kurz weg. Sie sagte, die Sauerei habe eine Verbindung zu der Unordnung, die sie am Anfang unserer Ferien dort vorgefunden hatte. Überall nasse Fliesen und Isabellas Strandtasche, die ausgekippt samt Inhalt durchs Haus geschleudert worden sein musste.

Dann *ihr* letzter Hinweis, Adelines letzter Hinweis, die unheilvollen Worte von Wanda, bei denen ich mir sicher bin, sie nie gehört zu haben. Die Worte, die in meinen Augen keinen Sinn ergeben.

Und zu guter Letzt: Der Hinweis, dass wir miteinander geschlafen haben, der Hinweis, den wir uns selbst gegeben haben. Der Verweis auf unsere gegenseitige Verbundenheit. Was kann sie damit bloß meinen? Dreht sie durch, oder bin ich es, der den Verstand verliert? Sind es meine Gedanken, die rasen, oder sind es ihre?

Unser Körperlicher Zustand, dann die emotionale Achterbahnfahrt, das Blut im Haus, die verlorenen Handys, die Gegenstände, die sich von selbst zu bewegen scheinen. Und, natürlich, Wanda.

Zitternd stoße ich meine Fäuste in den Sand und zucke zusammen. Ein Brummen entfährt mir und ich starre mit aufgerissenem Mund auf meine Faust. Blau, grüne Flecken bemustern meine Haut, die sich über das dick geschwollene Handgelenk spannt. „Holy Shit", stöhne ich und drehe meinen Arm. Ich habe immer noch nicht den geringsten Schimmer, wie ich mir eine Verletzung solchen Ausmaßes zugefügt haben kann, ohne es zu bemerken.

Obwohl.

Halt. Das ist doch ...

Ich buddele nach etwas glattem im Sand. Das darf nicht wahr sein. Das geht nicht. Das ist unmöglich. Ich halluziniere. Ich schwebe in der Unwirklichkeit und bemerke nicht mehr, was real ist und was nicht. Mit einem merkwürdigen Kribbeln im Nacken hebe ich Adelines iPhone in die Sonne. Adelines iPhone, welches ich schon einmal an genau der gleichen Stelle gefunden habe. Der beschissene Harry Potter Aufkleber grinst mich hämisch an. Alles scheint mich hämisch anzugrinsen. Die Sonne, die brennend vom Himmel scheint. Die Steine, die ich nur zu gerne ins Meer geschleudert hätte. Meine eigene Hand, mit der Wunde, an deren Entstehungsgrund ich mich nicht erinnere. Schreiend schmeiße ich das Telefon in den Atlantik, auch wenn mir währenddessen ein Schmerz bis in die Wirbelsäule zuckt. Die scheiß Hand muss mindestens gebrochen sein. Fuck, tut das weh! Wütend stehe ich auf.

Joe, der dreckige Hund hat einen Bluterguss solcher Größe verdient, nicht ich. Joe sollte an meiner Stelle sein! Joe sollte hier schmoren und nicht wissen, woran er ist! All das haben Joe und Isabella verdient! Gott, wie sehr wünsche ich mir, die beiden wären an unserer Stelle. Wie sehr wünsche ich mir, dass Joes Hand dick und geschwollen ist, nicht meine.

... Moment. Joes *Hand* ... ?

Und dann macht es *klick*. Ich schwöre, ich höre ein Klicken, tief hinten in den Abgründen meines Verstandes. Vielleicht war es auch eher eine Art Einrasten, eine Art Tosen und Poltern, denn die Erkenntnis, die mich trifft wie ein Donnerschlag, überrumpelte all meine bisherigen Spekulationen über das, was hier vor sich gehen mag, als sei sie Geröll das in eine Schlucht fällt.

„Die Hand", murmele ich. „Die verletzte Hand, ist *mein* letzter Hinweis." Es ist gar nicht Joe gewesen, der sich die Hand verletzt hat. *Ich* war das! Es ist nicht Joes gelbes Shirt gewesen, das im Meer getrieben ist! Es war meines. Und es waren auch nicht Joe und Isabella, die uns betrogen haben. Sondern wir sind das gewesen.

Wir haben die beiden betrogen.

Wir sind seit Monaten heimlich ineinander verliebt.

Wir wollten die Beziehungen unserer Gruppe nicht auseinander reißen, *wir* haben gelogen, *wir* sind Schuld!

Taumelnd falle ich zurück, ergebe salziges Wasser in den Sand, huste und würge alles Leid, kalte Angst und schmerzende Schuld aus mir heraus. Wir sind hier, weil wir ihren Schmerz fühlen sollen. Wir sind hier, weil wir ihre Wut, ihre Trauer, ihren Hass verstehen sollen. All das ist bloß passiert, weil wir zu feige gewesen sind, zu reden. Nicht sie. Nicht Joe. Nicht Isabella. Das ganze Gerüst aus Lügen, Geheimnissen und falschen Anschuldigen legt sich zentnerschwer auf meine Schultern, nur um kurz danach einzubrechen, mir Messer ins Herz zu rammen.

„Wieso?", schreie ich, „wieso haben wir das getan?"

Der Racheengel ist Wanda. Wanda hat uns das fühlen lassen, was sie gefühlt haben. Denn das war Joes und Isabellas letzter Wunsch.

Doch die zweite Erkenntnis, die der ersten Ballung aus Grauen folgt, ist noch weitaus erschütternder:

„Jeder Mensch hat einen Racheengel, der sich vor seinem Ableben eigens um tief verborgenste, dunkelste Wünsche kümmert." *Vor seinem Ableben*. Das hieße dann wohl, Joe und Isabella sind wirklich nicht mehr am Leben.

Das letzte Detail führt zum letzten Weg

Where are you now

Was it all in my fantasy

Where are you now

Were you only imaginary?

Where are you now

Alan Walker

E L I J A H

Adeline ist verschwunden. Fort. Wie vom Erdboden verschluckt. Genau wie die anderen. Ich hätte sie nicht allein lassen sollen. Ich hätte bei ihr bleiben sollen. Ich hätte nicht zulassen dürfen, dass diese Insel auch sie verschluckt. Auch sie in ihre Abgründe reißt, in sich aufnimmt und nicht mehr hergibt, irgendwo in den Tiefen der roten Berge oder im Schlund der Anthraziten Wellen.

Die Insel. Befinden wir uns überhaupt noch auf ihr? Oder eher in einer Art Zwischenwelt? Eine neue Dimension, in der Racheengel und Geister existieren? Eine verborgene Welt, in der wir unsere gerechte Strafe kriegen? In der über Tod oder Leben entschieden wird, in der wir all das Grauen erleben mussten, was wir Joe und Isabella angetan haben?

Hustend stürme ich zum vierten Mal jedes Zimmer, reiße alle Schranktüren auf, obwohl ich bereits weiß, dass ich sie nicht finden werde. Dass ich keine Chance mehr habe. Alle Chancen sind vertan, ich kann nichts mehr tun, außer panisch durch dieses verdammte Haus zu rennen und nach dem Mädchen zu suchen, das ich liebe. Das Mädchen, das mich dazu verleitet hat meine Freundin über Monate hinweg zu hintergehen. Mir fällt noch immer kein Grund ein, weshalb wir ihnen nicht einfach die Wahrheit gesagt haben. Wieso wir uns immer tiefer in dieses Gestrüpp aus Lügen und Betrug verirrt haben, immer mehr ver-

113

hedderten und irgendwann keinen Weg mehr hinaus gefunden haben. Verzweifelt hingen wir in diesem Geflecht fest und hatten am Ende keine Wahl mehr, als es geheim zu halten. Denn mit jedem heimlichen Kuss, mit jeder heimlichen Nacht wurden wir zu schlechteren Menschen. Zu übleren Freunden, ja, wir wurden zu Feinden, die sich hinterrücks als Freunde bezeichneten.

Mir wird schlecht, ich ekele mich vor mir selbst.

Wenn du ihr noch einmal so auf den Arsch guckst, wenn du irgendetwas bei ihr versuchst ... Werde ich dich töten, Elijah Granit.

Isabellas drohende Worte hallen mir durch den Schädel, hinterlassen pochende Schmerzen und das Gefühl vollkommener Hilflosigkeit. Angst. Wir hatten Angst, wir waren feige. Angst vor Isabella zu haben ist nichts, wofür man sich schämen muss. Im Gegenteil. Es ist berechtigt, sich vor dieser Frau zu fürchten. Sie ist eine Naturgewalt. Unberechenbar und plötzlich kommt sie wie aus dem Nichts über dich und hinterlässt nichts als Trümmer und Schäden. Kummer und Leid. Wenn sie es darauf anlegt. Und hinter ihrem Rücken ihre beste Freundin zu vögeln ... ist ein Grund, weshalb man wahrlich um sein Leben bangen sollte, würde sie es herausfinden. Haben wir es deshalb für uns behalten, all die Jahre? Weil wir tatsächlich fürchteten, sie würde uns *umbringen*? Hat sie sogar versucht, uns umzubringen? Oder, viel mehr: Hat sie es vielleicht sogar geschafft?

Sind Adeline und ich eigentlich längst tot, nur noch Reste unserer verletzten, ruhelosen Seelen, die in einer Welt gefangen sind, die aussieht wie der Ort, an dem sie ihre Körper verließen? Eine Welt, in der sie nun herumirren, verzweifelt nach einem Ausgang suchen und von einer Art Seelenführerin, die sich als Racheengel bezeichnet, in den Wahnsinn getrieben werden?

Ich habe die Küche erreicht und beuge mich keuchend und würgend über das Waschbecken. Meine Augen brennen, mein Hals ist dick geschwollen und ich ringe panisch nach Luft, versuche verzweifelt, durch den Mund zu atmen. Doch mein eigener Körper widersetzt sich mir. Es kommt mir so vor, als stecke ich in einem Gefäß, welches weder mit mir verbunden, noch mir irgendwie zugehörig ist. Ein Gefäß, welches sich widerspenstig gegen mich wehrt, welches nicht zulassen will, zu überleben. Es kämpft gegen mich an. Mein eigener Körper kämpft gegen mich an. Wie Autoimmunität, als besäße ich einen Parasiten, der mich erst heimlich und leise von innen verschlingt um eine Hülle zurückzulassen, ausgefressen und hohl.

Wäre ich der Realist, der der Wissenschaft verfallen ist ... Der den Isabella aus mir machen wollte, dann würde ich all das hier mit einem Kopfschütteln abtun. Dann würde mir einfallen, was als Nächstes zu tun wäre. Wäre ich der Typ Mann, den sie wollte, den sie in mir sah und in den sie sich verliebt hatte, obwohl er im Grunde mit meiner wahren Persönlichkeit rein gar nichts gemein hat, dann wäre ich jetzt wohl um einiges mehr im Bilde, was hier vor sich geht. Dann würde ich mich nicht in irgendeinen Wahnsinn hineinsteigern, in unrealistischen Unsinn, in eine Sache, die zu erklären wohl im Endeffekt doch niemand im Stande ist. Nicht einmal das wissenschaftliche Ich, das sie aus mir heraus zwingen wollte, als sie mir ein Medizinstudium aufgedrängt hat.

Erst sehr viel später und nach langer Zeit, in der ich wie gelähmt mit den Ellenbogen auf den Rändern des Spülbeckens gelehnt dastand und als das Blut schon in Rinnsalen an meinen Unterarmen entlangläuft und kleine, heiße, rote Bäche bildet, bemerke ich das Chaos vor mir. Die Scherben, der Gestank nach Kokosnuss und Ananas, nach warmem Alkohol, irgendwie abgestanden. Der Geruch kommt mir so bekannt vor, er ist mit so abscheulichen Erinnerungsfetzen und grauenvollen Bildern verbunden, dass er unwillkürlich eisige Schauer und pure Übelkeit in mir auslöst.

Das Cocktail, das nicht Adeline Joe vor Wut ins Gesicht gekippt hat, sondern Isabella mir. Das Glas, welches scheppernd im Spülbecken in tausend Scherben zersprungen ist.

Kalte Schweißperlen vermischen sich mit meinem eigenen Blut, hinterlassen ein leises und weit entfernt wirkendes Brennen in den Schnittwunden an meinen Armen, die von all den

115

Glasscherben an unzähligen Stellen völlig aufgerissen sind.

Ich stehe hier, die Arme bis zur Schulter in den Scherben meines eigenen Lebens und bin dennoch so taub, dass ich es erst Minuten, vielleicht sogar auch Stunden später bemerke? Zeit scheint hier keine Rolle zu spielen. Schmerzen wohl auch nicht mehr. Bis auf das Ziehen und pulsierende Reißen meiner Lungen, das Gefühl sie würden verätzen und sich immer weiter auflösen.

„Ich brauche keine Hinweise mehr, Wanda. Ich weiß bereits, warum ich hier bin." Ich schließe die Augen, ignoriere mein Blut, welches in Sturzbächen aus meinen Venen fließt und auf den Boden, in die Spüle, auf meine Hose tropft. „Wir sind tot, alle vier, und das ist unsere Hölle."

„Nicht ganz."

Ich zucke zusammen und blinzele ihr durch Tränen entgegen, die sich in die Innenseiten meiner Augen gestohlen haben. „Wenn Ihr Name nicht Adeline Weiß lautet, dann hauen Sie gefälligst wieder ab", sage ich hohl. „Es sei denn, sie können mir sagen, wo sie ist."

„Sie haben es fast geschafft, Elijah. Sie sind fast am Ende."

„Ich *bin* am Ende, sieht man das denn nicht?", ich halte ihr meine blutenden, aufgeschnittenen Arme entgegen und sie zuckt nicht einmal mit einer ihrer langen Wimpern.

„Es fehlt noch ein Detail. Nur noch eine Kleinigkeit, die Sie übersehen haben."

„Wo ist sie?", rufe ich.

„Das müssen Sie schon selbst herausfinden."

„Ich meine nicht die verdammte Kleinigkeit, nicht das letzte Detail. Ich meine Adeline. Wo haben Sie sie hin gebracht?"

Sie lächelt müde und richtet ihre Brille. Na, also. Fummelt doch an ihrer Brille herum. Sollte ich Ads irgendwann wieder sehen, ... Moment, was habe ich bloß für Gedanken?! Natürlich *werde* ich sie wieder sehen. Ich *muss*. Sonst ... Gott, es geht nicht anders. Jedenfalls, wenn ich sie wieder sehe, werde ich ihr das unter die Nase reiben. Das mit der Brille. Und Wanda. Dass Wanda an ihrer Brille ... ach, was soll's ist auch unwichtig.

„Sie hat sich selbst befreit, Elijah. Sie ist jetzt dort, wo sie hingehört. Und Sie können Ihr folgen, indem Sie das letzte Detail erkennen. Es ist nur noch ein kleines Stück, bis zum letzten Weg."

„Der letzte Weg. Also sind wir wirklich tot. Und Sie sind Isabellas und Joes Rachengel." Ich atme zitternd ein, hole so gut es mir noch möglich ist Luft. „Isabella ist es tatsächlich gelungen, uns umzubringen. Sie ist die Mörderin. Nicht wir." Ob ich meiner eigenen Ex gerade einen Mord zutraue? Ja. Ob ich noch in irgendeiner Art dran zweifle? Nein.

Isabella hat es getan. Isabella. Sie hat ihre Drohung wahr gemacht. Sie war es, der die Sicherung durch gebrannt ist. Aber wären dann nicht eher Adeline und ich diejenigen, die Rache nehmen müssten? Mir raucht der Schädel, als ist ein einziges Durcheinander. Wandas überlegenes Lächeln wird breiter und sie legt den Kopf auf die rechte Schulter, macht aber wie gewöhnlich keine Anstalten, auf meine Aussage irgend einzugehen, stattdessen fragt sie: „Soll ich Ihnen etwas verraten, Elijah?"

„Nur los, tun Sie sich keinen Zwang an", murmle ich, nehme aber im Grunde kaum noch Ernst, was ihr über diese verräterischen, verflucht verführerischen, roten Lippen geht.

„Ich mache das hier nicht zum ersten Mal und doch ist es anders, als sonst. Etwas stimmt nicht. Etwas ist verworren, falsch. Ich kann es selbst nicht genau sagen. Aber nicht einmal ich habe Kontrolle über diesen Ort, was ich sonst habe, was sonst zu meinen Aufgaben gehört. Hier passiert etwas, was mir noch nie untergekommen ist. Und Sie, Elijah, Sie haben die Möglichkeit den Grund dafür zu finden."

„Also, wenn ich das jetzt richtig verstanden habe ... wissen Sie selbst nicht, was sie hier tun?", ich lache schrill auf lasse meine Hände über den Kopf fliegen, sodass mein eigenes Blut mir ins Gesicht tropft. "Großartig. Absolut großartig. Vielleicht habe ich ja Glück und verblute, dann hat sich die Sache von selbst erledigt!"

„Sie verbluten nicht, Elijah."

„Klar, sicher, wie sollen Tote auch verbluten. Sorry, mein Fehler!" Ich will mir mit einem Geschirrtuch beiläufig die Wunden abtupfen, doch da sind kein Wunden mehr. Da ist kein Blut mehr. „Wanda."

„Ja, Elijah?"

„Sind wir tot? Ich mein, Ady und ich. Nicht ich und Sie."

Die schöne Frau mit dem schönen Vorbau schließt schmallächelnd, etwas bedauernd die Augen. „Ich wünschte, es wäre so, Elijah. Ich wünschte es mir, für Sie beide. Aber ich fürchte, dem ist nicht so. Ich fürchte, dieses Glück ist Ihnen noch nicht zuteil."

Glück? Wo ist bitte Glück am Sterben? Nirgendwo! „Was machen wir dann hier? Was mache ich hier? Und viel mehr: was machen Sie hier?"

„Ich ... nun ja, ich erfülle Ihren letzten Wunsch, Elijah." Wieder geht sie nur auf einen Teil meiner Frage ein. Ich werde durchdrehen. Endgültig. „Meinen *letzten* Wunsch, obwohl ich nicht gestorben bin?", der metallische Geschmack in meinem Mund kehrt zurück und ich beuge mich erneut über das Spülbecken, hoffe, nicht schon wieder kotzen zu müssen.

„Ich sagte ja bereits, dieses Mal ergibt meine Arbeit weniger Sinn, als sie es vielleicht normalerweise tut. Aber trotzdem habe ich Gründe, hier zu sein. Genau wie Sie, genau wie Adeline. Dinge geschehen niemals grundlos." Mit einem Augenzwinkern wendet sie sich zum Gehen.

„Warten Sie! Sie können nicht einfach gehen! Was soll ich tun? Wo ist Ady?", es ist jämmerlich, diese Bitch so flehend anzusehen, mich fast vor ihr auf die Knie zu werfen und nach Hinweisen zu betteln, obwohl ich dachte, ich habe sie durchschaut. Doch diese Frau ist nicht zu durchschauen. Ich bin mir nicht einmal mehr sicher, ob sie überhaupt menschlich ist. Vermutlich hat sie nur das Erscheinungsbild einer heißen Latina. Vermutlich ist sie in Wahrheit ein Dämon, eine Dienerin des Teufels, an ihre Umgebung angepasst. An den Ort angepasst, an dem ihre Opfer den Löffel abgegeben haben, um sie noch besser in

118

die Irre führen zu können. Ihnen erst das Gefühl zu geben ihnen helfen zu wollen, nur um sie währenddessen mit sich in die Hölle zu locken.

„Ich bin nicht diejenige, die sich mit dem Teufel verbrüdert hat, Elijah. Ich bin eine von den Guten."

„Sie können mir ja viel erzählen."

„Das kann ich, ja. Aber ich hätte nichts davon. Am Ende sind ohnehin Sie derjenige, der das Ende dieser Geschichte beeinflusst, nicht ich. Nicht der Teufel, nicht Gott."

„Ach, also kommen sie doch von Gott? Und was hat der alte Herr sich dabei gedacht?"

Sie lächelt wieder und diesmal wirkt es beinahe weise. „Wenn du höhere Mächte als 'Gott' bezeichnen willst, darfst du das gerne tun. Jeder kann sie nennen, wie er will."

„Und entscheiden diese Mächte über mein Schicksal? Entscheiden sie über leben und sterben?"

„Niemand, außer dir selbst entscheidet über dein Schicksal."

Mir muss ein großes Fragezeichen auf der Stirn stehen, denn Wanda fügt noch hinzu: „Durch Sterben unter Einfluss Anderer ist dir die Entscheidung über dein Schicksal nicht mehr zuteil. Sie wird dir entzogen, was nicht Rechtens ist. Und genau aus diesem Grund gibt es mich. Um das Gleichgewicht wieder herzustellen. Um dir vor deinem Ableben den letzten Wunsch zu erfüllen. Sei es Rache, sei es Wissen, oder Aufklärung über die Frage nach dem 'Warum', wie bei dir und Adeline Weiß."

„Also, sind wir tot. Und bevor wir gestorben sind, haben wir uns nichts Besseres gewünscht, als die Frage, *warum* wir sterben mussten?" Ich schüttele so schnell den Kopf, dass die Luft um mich herum sich dick anfühlt, wie Pudding und mein Gehirn darin hin und her schwappt. „Und du sollst uns diese Frage beantworten …?"

„Du wirst es mir nicht glauben, aber die meisten Menschen wünschen sich statt Rache einfach nur Antworten. Unbeantwortete Fragen sind ruhestörender als das unbefriedigte Gefühl, es seinem Mörder heimgezahlt zu haben."

„Mörder", ich muss hart schlucken, obwohl mein Mund staub-
trocken ist, halte mir beide Hände an die Kehle, hoffe, dass mir
nicht schon wieder schlecht wird. Bald wird nichts mehr in mir
drin sein, was ich übergeben könnte. „Das letzte Detail ist also
herauszufinden, wer mein Mörder ist?"

„Ich wünsche Ihnen nur das Beste, Elijah. Leider sind meine
Worte jetzt bis aufs Letzte ausgeschöpft. Sie schaffen das. Da
bin ich mir sicher." Ich renne ihr hinterher, obwohl sie mir die
Tür vor der Nase zuknallt, stemme ich meinen Fuß dazwischen
und werfe mich mit meinem ganzen Gewicht gegen das Holz.
Ich erwarte den kleinen Vorgarten unseres Ferienbungalows. Ich
erwarte diese winzige Palme mit Blättern, die bis zum gelben,
vertrockneten Gras reichen. Mit dem schmalen Steinweg, der
sich in Kurven bis zum Hauptgebäude mit der Rezeption schlän-
gelt, mit dem direkten Zugang zur Strandbar.

Doch, in diesem Urlaub passiert nichts, wie ich es erwarte. Es
passiert nichts, wie ich es mir vorgestellt, mir gewünscht habe.
Als ich durch die Bungalowtür wanke werde ich von weißem
Nichts verschluckt, rudere hilflos mit Armen und Beinen und
gleite in einen Zustand über, den ich mir mein ganzes Leben,
schon als Kind, unter dem Prozess des Sterbens vorgestellt
habe. Und in diesem kurzen Moment, in dieser kleinen Sekunde
nur für mich allein, verstehe ich, von welchem Glück Wanda
sprach, als sie mir wünschte, tot zu sein.

Was geschah am 5. Juli?

„Perfetto Balsamico, Pesto-Pesto! Misto, Misto - Risotto!"

„Leichte Macke?" Adelines Lachen ist heller als Glockenklänge, als sie sich mit einem viel zu strahlenden Lächeln zum Freund ihrer besten Freundin umdreht und seine Schönheit bewundert, die trotz verplanter Miene und blöder Kommentare nicht zu übersehen ist.

„Das ist italienisch", erklärt dieser todernst und zwinkert ihr kaum merklich zu.

„Das ist in erster Linie idiotisch. Wir fliegen nach Spanien, Elijah." Isabella verdreht die kühlen Augen, die die Farbe von frisch gemähtem Gras haben. „Davon abgesehen starten wir gleich, willst du dich nicht anschnallen? Der Sitz muss aufrecht sein, schlafen kannst du später."

„Danke - Moooom - aber das ist nicht das erste Mal, dass ich in einem Flugzeug sitze." Elijah wirkt sofort angespannt, als seine Freundin ihn abschätzig von der Seite mustert. Seine ausgelassene Stimmung ist wie weggeblasen.

„Dann verhalte dich doch wenigstens angemessen, mein Gott." Isabella kann es nicht leiden, wenn er sich wie ein Idiot aufführt. Adeline findet es süß. Adeline findet, es hat einen gewissen Charme, wenn er doofe Sprüche raushaut oder schlechte Witze reißt. Sie kann über ihn lachen. Sie liebt es, über ihn zu lachen. Sie liebt sein Lachen.

Elijah lächelt ihr schief zu, als sie ein letztes Mal durch die

Lücke der beiden Sitzlehnen zu ihm nach hinten sieht. Ihr Herz flattert angenehm bei seinem Anblick und etwas Prickelndes breitet sich vom Magen in ihrem ganzen Körper aus. „Ich glaube, ich muss nochmal aufs Klo", sagt sie, atemlos von Elijahs Anblick und gibt Joe, ihrem Freund mit den goldenen Locken und den warmen Augen, einen federleichten Kuss auf die Wange, bevor sie sich an seinen langen Beinen vorbei in den Gang quetscht.

„In fünf Minuten starten wir, seien Sie bitte rechtzeitig wieder auf Ihrem Platz", merkt eine Flugbegleiterin freundlich an und berührt leicht Adelines Schulter.

„Ist gut, es dauert nur wenige Sekunden!", versichert diese höflich lächelnd und stiehlt sich an der hochgewachsenen Stewardess vorbei Richtung Toiletten.

„Hey!", keucht sie erschrocken, denn jemand packt von hinten ihren rotblonden Pferdeschwanz, zieht ihn zurück und küsst ihren Hals. Drückt Adeline sanft in die winzige Toilettenkabine.

„Bist du vollkommen verrückt geworden?", zischt sie panisch und versucht Isabellas Freund von sich zu drücken, auch wenn seine Lippen perfekt auf ihrer Haut sind. Auch wenn seine Wärme ihr bis tief ins Mark geht, sie jedes verdammte Mal vereinnahmt und für sich gewinnt.

„Ich kann es nicht aushalten, Ads", stöhnt er an ihrer Halsbeuge und sie gibt sich seufzend hin, blendet vollkommen aus, dass ihre bloßen Arme die Wände der Kabine streifen, was sie unter normalen Umständen angeekelt hätte. Doch Elijah schafft es, dass selbst sie ihre Abneigung gegen öffentliche Toiletten wenigstens kurz vergisst, denn diese Kabine ist in diesem Moment erfüllt von seinem Duft und seiner Präsenz. Es gibt nur sie und ihn, nur Adeline und Elijah, fernab von den anderen beiden, die von diesem Betrug nie erfahren dürfen - nicht um alles in der Welt!

„Haben sie ...", setzt sie an, doch er nimmt ihr Gesicht in beide Hände, drückt seinen Mund auf ihren, zieht ihre Lippen zwischen seine Zähne und presst sich mit seinem ganzen Körper an sie. „Haben sie dich gesehen, wie du ..."

„Sie sitzen weit entfernt mit dem Rücken zu den Toiletten, entspann' dich Baby", raunt der Mann ihres Herzens, während der Mann, dem sie ursprünglich verfallen war, sich ahnungslos keine fünfzehn Meter entfernt auf den gemeinsamen Urlaub freut. Falsch. Was sie hier tun ist falsch. Das ist ihr bewusst. Aber es ist … „So gut", entfährt es ihr, als er seine Hand unter ihren luftigen, knielangen Rock gleiten lässt, der ihren runden Hintern umschmeichelt wie hauchdünne, wehend zarte Blütenblätter. „Aber", stöhnt sie, „aber wir können das nicht tun. Nicht hier, nicht jetzt."

„Du siehst doch, dass wir können."

„Elijah."

„Ja?", seine Stimme ist wie verführerischer Gesang in ihren Ohren, der sie betäubt und high werden lässt. Innerhalb von Millisekunden. Seine Hand in ihrem Schritt und sein schneller Atem, der ihre pulsierende Haut streift. Seine große, männliche Gestalt haut sie um und lässt keinen Gedanken mehr daran zu, wie unfair und furchtbar es ist, was sie ihren beiden Freunden damit antun.

„Wir starten in fünf Minuten", jammert sie klagend und windet sich unter seiner großen Hand, die sich nun um ihr weiches Gesäß wölbt, es knetet und massiert.

„Wir brauchen nicht mal drei", erwidert er grinsend. Seine Hand ist auf dem Weg noch weiter südlich, weiter nach vorn zu rutschen, dort Wunder zu vollbringen. Und Adeline weiß, wenn seine warme Hand einmal ihr Ziel gefunden hat, wird sie Elijah vollends verfallen sein.

„Ich hasse dich", ihr Seufzen ist tief und belegt.

„Ich dich auch, Amaryllis." Er küsst sie nochmals. „So sehr, dass es weh tut."

***

Es gibt Millionen Dinge, die Isabella an Joe nicht leiden kann. Es gibt Tausend Dinge, die sie an Adeline nicht leiden kann und es gibt mindestens Hundert Dinge, die sie an ihrem Freund ändern würde.

Eigentlich gibt es immer etwas, was sie stört. Egal an wem. Die anderen denken mittlerweile, es läge an ihr. Sie wäre nie zufrieden, wolle immer mehr und verlange schlichtweg zu viel von den Menschen. Sie selbst weiß, dass das nicht stimmt. Sie ist Perfektionistin, war sie schon immer. Ihre Freunde wussten es, bevor sie mit ihr einen Urlaub buchten. Wieso sollte sie sich also rechtfertigen? Wieso, nach all den Jahren, tut Adeline immer noch, als würde sie es verletzen, von ihr korrigiert oder belächelt zu werden? Sie kennt ihre beste Freundin. Sollte sie jedenfalls. Gerade sie sollte wissen, dass es einfach ihre Art war, wenngleich Isabella selbst eben diese nicht als Makel bezeichnen würde. Makel passen nicht zu ihr. Das ist ein Fakt.

„Na, warum denn so ein grimmiges Gesicht?", fragt ihr Freund lächelnd und umarmt sie von hinten, als sie ihre Kleidung aus dem Koffer räumt.

„Weiß' nicht, frag doch die nette Reiseleiterin mit den schicken Plastiktitten."

„Wow", entfährt es ihm.

„Genau, wow." Seine Arme spannen sich um ihren Oberkörper liegend an. „Abgesehen von deinen wahllosen, lüsternen Blicken, kann ich es nicht leiden, wenn ..."

„Wenn ich aus dem Koffer lebe. Ich weiß", seufzt er und lässt von ihr ab, ohne dass sie sich vorher in seinen Armen entspannt hat.

Isabella dreht sich steif zu ihm um und fixiert zunächst seinen Bart, der in ihren Augen langsam zu buschig geworden ist, dann sein Haar, welches lang geworden den Look ergänzt, den sie bei Männern abstoßend findet.

„Was siehst du mich denn immer noch so an?", fragt er entgeistert und reißt unsanft am Verschluss seines Gepäckstücks. „Ich bin doch schon dabei meinen Koffer auszupacken, es als Priorität zu sehen erst Ordnung zu schaffen. *Obwohl* wir im verdammten Paradies leben und *obwohl* Ads und Joe schon vor 'ner halben Stunde ins Meer gestürmt sind. *Ohne* ihre Koffer vorher auszupacken."

Isabella lacht tonlos, schüttelt den Kopf und stützt ihn auf beide Hände, als sie sich auf der Bettkante nieder lässt.

„Was? Was denn, Herrgott nochmal?", fragt ihr Freund, blickt immer wieder kurz aus dem Fenster, hält Ausschau nach dem anderen Paar, welches bereits am Strand direkt vor dem Bungalow beginnt den Urlaub zu zelebrieren.

„Du ... du raffst es nicht. Es geht einfach nicht in deinen behaarten Schädel rein."

„Wie bitte?"

„Drei Jahre. Und du scheinst mich immer noch nicht zu kennen. Kennen zu wollen. Du gibst dir einfach keine Mühe. Oder du ignorierst es, wie ich bin. Versuchst dir anscheinend jemand anderes vorzustellen, oder in mir zu sehen und bist jedes Mal genervt oder überrascht über meine Eigenarten."

Sein Blick zuckt nervös vom Fenster zu ihr und wieder zurück, bevor er schließlich an ihr haften bleibt. „Hey, Babe. Das stimmt so nicht. Komm' schon, das kannst du nicht sagen." Er will sich neben sie setzen doch sie steht blitzschnell auf und behält genug Abstand zwischen sich und diesem Mann, der vom Erscheinungsbild her so überhaupt nicht mehr dem Typen gleicht, in den sie sich am Anfang ihrer Beziehung Hals über Kopf verliebt hatte. „Natürlich kann ich das. Wenn du mich kennen würdest, dann würdest du wissen, dass ..."

„Dass du dich nicht entspannen kannst, bevor du keine Ordnung geschafft hast. Ich weiß das, Schatz. Ich kenne dich, wie kannst du das Gegenteil behaupten?" Er lächelt und breitet zur Unterstreichung seiner Worte die langen Arme aus. „Schließlich allein heute schon das zweite Mal, dass ich deinen Satz beende."

Isabella schüttelt niedergeschlagen den Kopf. „Genau. Schon das zweite Mal, dass du mich mitten im Satz unterbrichst, obwohl du wissen solltest, wie sehr ich das hasse."

Langsam wird es selbst Elijah zu viel, er lässt beide Schultern hängen und mustert seine kühle Freundin kopfschüttelnd. „Weißt du, was das Problem ist?", fragt er ernsthaft und ruhig. „Das Problem liegt nicht immer bei anderen, verstehst du? Hast du vielleicht mal in Erwägung gezogen darüber nach zu denken ...", er rauft sich das Haar, unterbricht dieses Mal sich selbst, „ich meine, nach all der Resonanz die andere Personen dir auf dein Verhalten hin vermitteln - ist dir immer noch nicht klar, dass man bei dir nicht nach Dingen suchen kann, die du toll findest oder die du magst, positive Eigenarten oder niedliche Macken, Dinge, bei denen ich froh bin, dich zu kennen, die dich komplett machen, so wie du bist … Sondern dass es immer nur die Dinge sind, die du *nicht* leiden kannst? Immer nur Eigenarten, die schlecht oder negativ sind, die dich als Menschen in ziemlich übles Licht stellen? Dass man bei dir aufpassen muss, wie auf einem Minenfeld wankend nach Punkten sucht, bei denen du nicht in die Luft gehst?" Mit diesen Worten knallt er seinen vollen Koffer mit einem Hieb unters Bett, ohne auch nur eine Socke ausgepackt zu haben und verlässt innerlich kochend den Raum, in dem die Wände ihn zu ersticken drohen. In dem der Himmel so weit entfernt und sein Glück nur noch so schwer auffindbar ist.

***

„Der wievielte ist heute?", seufzt Adeline und reckt sich in der wohligen Hitze der kanarischen Sonnenstrahlen, dreht sich auf den Bauch und blinzelt Joe entgegen der sich auf seinen Unterarmen abstützt und aufs Meer sieht, die Sonnenbrille sitzt perfekt auf seiner winzigen Nase. Wenn Adeline es nicht besser wüsste, würde sie vermuten, dass sein Penis nicht größer als ihr Daumen sei. Natürlich weiß sie es besser und natürlich ist er größer als ihr Daumen, aber das ist auch unwichtig, denn selbst mit einem gigantischen Penis hätte er ihre Bedürfnisse nie auf diese Weise befriedigen können, wie Elijah es tut ... Schnell verwirft sie diesen beschämenden Gedanken, schnappt kurz nach Luft und wendet rasch den Blick von der Nase ihres Freundes ab.

„Ist das wichtig?", antwortet dieser nur. Seine Haut hat einen goldenen Ton angenommen, schon nach dieser kurzen Zeit. Joe sieht knackig aus und er ist hübsch. Wenn auch nicht sonderlich sportlich, aber dennoch auf seine Weise heiß.

„Ja, schon. Ich will schließlich wissen, wie lange wir noch haben", erwidert sie grinsend, er zieht sie zu sich heran und küsst ihr auf die Schläfe. Wow, echt jetzt. Sie liegt praktisch nackt neben ihm und er küsst sie auf die Stirn. Sexy.

„Der Fünfte, verfickte Juli." Es ist Elijah, der finster drein blickt und durch den tiefen Sand angestapft kommt, der sich neben Joe nieder lässt und dem eine kalte Zigarette im Mundwinkel steckt.

„Jetzt ist aber mal gut, Mann", sagt Joe und schlägt seinem Freund auf die breite Schulter. „Seit dem ersten Tag seid ihr zwei nur am Streiten, was soll das denn?"

„Das fragst du lieber sie", entgegnet er kühl und zückt ein Feuerzeug.

„Tu' es besser nicht, das macht die Sache nur noch schlimmer", Joe reißt seinem Kumpel die Kippe aus dem Mund und dieser läuft beinahe rot an, vor Wut. Dass er wütend auf Isabella und nicht auf seinen besten Freund ist, ist wohl allen klar. Und trotzdem wird er es an ihm auslassen. Elijah lässt seine Wut immer an allen anderen aus, als würde er es sich bei Isabella nicht wagen.

„Denkst du, sie kommt in diesem Leben nochmal raus an den Strand, oder denkst du sie wird den gesamten Urlaub über das Bungalow aufräumen und sterilisieren ... ?", setzt Adeline vorsichtig an und Elijah würdigt sie keines Blickes. Er schluckt hart, traut sich nicht zu, ihren köstlichen, vom Sonnenöl glänzenden Körper aus der Nähe zu betrachten, während Joe daneben sitzt. Schon gar nicht, während Elijah diese merklich enger werdende Badehose trägt, und erst recht nicht während er seine letzte Notzigarette rauchen wollte, die ihm gerade einfach aus dem Mund gerissen wurde. „Gib' mir besser die Kippe zurück, Joe."

„Was, wenn nicht?"

„Tu' es einfach. Na los." Seine Muskeln zucken willkürlich unter seiner Haut, ohne, dass er es beeinflussen könnte. Dass er testosterongesteuert ist und sich wie ein Neandertaler aufführt, merkt er am Ausdruck in Adelines klaren Augen, die ihn ruhig beobachten. Er könnte schwören, ganze Sätze aus ihren Blicken lesen zu können. Sie kann mit ihm kommunizieren, ohne den Mund zu öffnen. Natürlich schafft sie das auch, wenn sie den Mund öffnet, und zwar auf vielerlei, wunderbarer Hinsicht, aber da seine Badehose so eng ist und er unter Nikotinentzug steht, vertieft er diesen Gedanken nicht.

„Sie kann es nicht leiden, wenn du rauchst", wirft Joe ein.

Elijah lacht schrill auf. „Leute, begreift ihr es nicht? Die kann nichts und niemanden leiden, jetzt gib' mir schon die verdammte Zigarette zurück oder ich hau' dir eine rein."

„Joe, gib ihm besser seine Kippe zurück", setzt Adeline an, legt eine Hand auf den Oberschenkel ihres Freundes. Sie wiederholt beinahe Elijahs Worte, nur einen Zacken sanfter und mit einem Lächeln, das einen umhauen kann. In den richtigen Momenten.

Joe gibt Elijah seine Zigarette zurück und Elijah zieht stöhnend an dem Glimmstängel, als hinge sein Leben davon ab.

***

„Ich muss hier raus, will jemand einen Drink?", Isabella steht im Rahmen der Terrassentür während die anderen drei lachend und redend auf der Veranda des wunderschönen Ferienbungalows die glühende, untergehende Sonne beobachten, die mehr und mehr vom Horizont verschluckt wird. Sie trinken Bier, vernichten das frische Obst, das man ihnen direkt aufs Zimmer gebracht hat und genießen die angenehme Kühle des einbrechenden, kanarischen Abends.

Und Isabella? Isabella ist zum ersten Mal an die frische Luft getreten und neigt das kantige Kinn Richtung Meeresufer, schaut danach jeden ihrer Freunde an, wenn auch nur kurz aber darauf bedacht, kein einziges ihrer innerlich kochenden Gefühle an die Oberfläche gelangen zu lassen. Es reicht. Ihr reicht es. Es war zu viel. Sie braucht sich nicht einmal mehr umzusehen um zu bemerken, mit was für einer Gruppe an Kleinindern sie in den Urlaub gefahren ist. Drei Tage. Drei Tage hat sie sich allein darum gekümmert, dass das Haus wohnlich für alle ist. Ob ihr jemand Hilfe angeboten hat, auch nur ein einziges, verdammtes Mal? Nie im Leben. Sie lächelt aufgesetzt und sagt: „Ich meine, nachdem ich - allein - unser Feriendomizil wohntauglich gemacht habe. Nachdem ich - allein - alle drei Toiletten geputzt und desinfiziert habe. Nachdem ich eurer aller Koffer ausgepackt, eure Kleidung sorgfältig gefaltet in eure Kommoden gelegt habe ... Drei Tage hintereinander, ohne auf Hilfe von irgendeinem von euch hoffen zu können ... Habe ich mir einen Drink verdient, der hochwertiger ist als dieses billige Bier."

Keiner wagt sich, darauf zu antworten. Nun ja, die ersten drei Sekunden, in denen Isabella sie vernichtend einen nach dem anderen mustert, jedenfalls. Danach ergreift Adeline mutig das Wort: „Das hättest du nicht tun sollen. Wir haben dir gesagt, du sollst raus kommen. Genieße die Sonne, genieße das Leben und hör auf, ständig alles desinfizieren zu wollen. Es gibt so etwas wie Reinigungskräfte, die das gesamte Haus vor unserer Anreise auf Vordermann gebracht haben." Sie klingt so sanft, so berücksichtigend. Sie weiß, dass hinter Isabellas Ordnungswahn weit mehr steckt, als sich zunächst vermuten lässt.

„Nun, scheinbar versteht man unter Reinigung hier in Spanien etwas anderes, als ich es in Deutschland tue. Die Schamhaare auf den Fliesen der Bäder waren kaum zu übersehen." Sie verzieht so angewidert das Gesicht, dass sich selbst ihre straffe, lachfaltenlose Haut kurz kraus zieht.

Als wären die drei anderen gedanklich miteinander verbunden, seufzen sie exakt gleichzeitig, in exakt der gleichen Tonlage.

„Ich komm' mit", sagt Joe dann schlicht, gibt seiner Freundin einen weiteren Kuss auf die Stirn und schiebt seinen Stuhl zurück. „Könnte auch etwas Fruchtiges, Alkoholisches vertragen."

„Bist du sicher?", flüstert Adeline ihm zu und er nickt schmallächelnd.

„Wenn ihr schon dabei seid: Für mich einen Orgasmus, bitte", sagt Elijah, ohne die sturmgrauen Augen von Adelines Ausschnitt zu richten. Sie bemerkt es, und wie sie es bemerkt. Sie ist sich sicher, in diesem Augenblick haben es auch Isabella und Joe gesehen. Sie ist sich sicher, Elijah würde es in diesem Urlaub schaffen, dass ihr unheilvolles Geheimnis auffliegt. Und dann würde alles zusammenbrechen, was sie sich zu viert aufgebaut haben.

***

„Ich könnte dir eine scheuern!", zischt Adeline, sobald die Tür hinter Joe und Isabella ins Schloss gefallen ist.

„Dann tu's doch", erwidert Elijah herausfordernd, seine Augen halb geschlossen, trotzdem lodernd vor Hitze und seine Wangen leicht gerötet, vom Alkohol. Seine Lippen glänzen feucht im Licht der Fackeln, die vor der Veranda im Sand stecken.

„Warum tust du das? Du legst es darauf an, oder?", Adeline schubst ihn von sich, als er ihr zu nahe kommt. Viel zu nahe. „Du willst, dass sie uns sehen. Du willst, dass sie von uns wissen. Weil du unglücklich bist. Du bist unzufrieden mit Isabella und du willst es dir leicht machen, eurer Beziehung ein Ende zu setzen."

„Jetzt tu' nicht so, als wärst du glücklich mit Joe. Bitte, dieses heuchlerische Gerede kannst du dir sparen."

„Ich *bin* glücklich mit Joe! Begreif' es endlich!"

„Ist dir eigentlich klar, wie lächerlich das klingt?", ruft er aus und schlägt mit voller Wucht einen Holzstuhl um, drängt sich Adeline noch weiter auf, sodass sie rückwärts in die Küche stolpert und sich mit beiden Händen rückwärts an der Theke abstützt, um nicht umzufallen. Nur Adeline wird von zwei Bier betrunken. Elijah regt es auf, und trotzdem findet er es süß. Eine hässliche Mischung, die auf ziemlich alles zutrifft, was dieses Mädchen angeht. Er hasst es, dass sie sich für alles rechtfertigt, er hasst es, dass sie sich nicht eingesteht, dass Joe der Falsche für sie ist. „Ich hätte mich längst von Isabella getrennt, also erzähl' mir nicht, dass *ich* derjenige bin, der Angst hat.“

„Natürlich hast du Angst! Du nimmst lieber Isabella, als allein zu sein. Du würdest dich nur trennen, wenn ich mich trennen würde, damit du ...“

„Damit ich *was*?“

„Weil du ... weil du mich ...“ Er ist ihr so nahe. So nahe und ihr süßer Atem kitzelt seine Nase. Ihr vom Salzwasser gewelltes Haar fällt ihr in Strähnen in dieses zarte, herzförmige Gesicht, sie pustet es weg und er hält die Luft an. Wie kann ein Mensch solch eine Wirkung auf ihn haben? Er hasst es, er hasst es so, dass er keine Kontrolle darüber hat, was sie in ihm auslöst.

„Weil du mich willst“, flüstert sie endlich.

„Das denkst du also?“, fragt er, seine Stimme ist kratzig und hohl.

„Das weiß ich.“

Mehr braucht er nicht. Mehr will er nicht hören, kann er nicht ertragen, das Ziehen in seinem Körper, das Verlangen nach dem Geschmack ihrer Lippen, das Gefühl, von ihrer Präsenz vereinnahmt zu sein. Hass und Wut über sich selbst, diese Emotionen, die sie in ihm entfacht, vereinen sich zu einer Explosion an Gefühlen, die er in diesen einen Kuss kompensiert, als er sie gewaltsam an sich reißt und keine weiteren Worte zulässt.

Sie weiß nicht, warum er auf einmal über ihr liegt, sie gegen die kalten Küchenfliesen presst mit seinem nackten Körper. Wie es passieren konnte, dass sie auf dem Boden liegen und miteinander schlafen, als hätte ihr Gehirn den Teil gelöscht, der sie soweit bringen konnte.

Ihre Hände in seinem Haar, das sie so sehr liebt. Bei dem sie weiß, er hat es nur für sie lang werden lassen. Die Hitze seines Körpers und die Kälte des Bodens im Rücken.

Sie sind verbunden. Schon immer gewesen. Seit ihrer ersten Begegnung, sie wusste es. Er wusste es. Es würde sie nicht einmal überraschen, wenn Isabella und Joe es nicht auch schon von Anfang an wussten. Isabella und Joe …

Der Schrei ist viel mehr ein scharfes Einziehen von Luft und so schnell wieder vorbei, dass er nicht einmal zwischen den

131

Wänden hängen bleibt. Hätte Adeline nicht gewusst, wer es gewesen ist, der diesen Beinahe-Schrei ausgestoßen hat, dann hätte sie ihn überhört. Sich einfach weiter an Elijahs Oberkörper fest gekrallt, einfach weiter ihre Beine um ihn geschlungen. Sie hätten sich zu Ende geliebt. Sie hätten lachend bemerkt, im Eifer des Gefechts nackt auf dem Boden gelandet zu sein, sie hätten sich beeilt sich wieder anzukleiden, wären vermutlich schnell ins Kühl der Wellen getaucht um den Geruch nach Sex und Schweiß abzuspülen, und das alles bevor die beiden anderen wiedergekommen wären.

Aber dafür ist es nun zu spät, die Millisekunde an Pech, der Klitzekleine Moment, in dem Isabella und Joe zu früh im Bungalow erschienen waren, würde ihr Leben für immer prägen. Der Blick, den Isabella ihnen abwechselnd zuwirft. Die gelähmte Ausdruckslosigkeit im Gesicht ihres Freundes, der mit zwei Drinks in den schmalen Händen an einem der bunten Strohhalme saugt und nichts tut - einfach da steht, Löcher in die Luft starrt und wartet, als würde gleich etwas passieren, was diesen grauenvollen Moment entweder noch furchtbarer werden lassen würde, oder ihn weitestgehend retten könnte.

Bis die Zigarette erlosch

These shallow waters, never met
What I needed
I'm letting go a deeper dive

Alan Walker

Elijah weiß, für Rettung ist es zu spät, als er hastig aufsteht, den Raum verlassen will. Mit beiden Händen über seiner Lende über Adelines Bein stolpert, die gerade daran war, sich zusammenzukrümmen, ihren nackten Körper irgendwie zu verdecken. Als würde das in einer helfenden Weise den Scham lindern, der sie durchzuckt. Als würde es den giftigen Rauch, der ihren Geist vernebelt, in irgendeiner erdenklichen Weise aufhalten, vertreiben oder neutralisieren.

Tut es aber nicht.

Es lässt nur Elijah der Länge nach auf den harten Boden schlagen, mit seinem gesamten Gewicht auf seiner Hand landend. Der pochende, schnell kommende Schmerz ist angenehmer als das Gefühl in seiner Brust, ist willkommener als die Schuld die ihn schon jetzt zu zerfressen droht. „Heilige Scheiße", keucht Elijah, überwältigt von dieser Schuld, mit der er nie gerechnet hatte. Er hat nie geglaubt, dass es ihm dermaßen wehtun würde, Isabella in so einem Moment ins Gesicht zu sehen. Er hatte geglaubt, dass seine Gefühle für sie schon abgeschwächt genug gewesen wären, dass es ihn kaum berühren würde, mit ihr Schluss zu machen. Dass es ihn nicht kümmern würde, wenn sie von seinem Betrug erfahren würde. Er hat dieses Konstrukt aus Lügen nur noch für Ads aufrecht erhalten, weil er wusste, sie würde andernfalls daran kaputt gehen.

Doch jetzt, in diesem Moment, in dem Isabella ihn mit glasigen Augen durchbohrt, ist ihm, als würde man sein Herz in einen Fleischwolf werfen.

„Also wenn diese Scheiße hier irgendetwas ist, dann mit Sicherheit nicht heilig!", schreit sie, die Tränen laufen nun über und benetzen ihre feinporigen Wangen, fließen in Bächen ihren Hals herunter. Elijah kann sich nicht erinnern, diese kühle Frau jemals weinen gesehen zu haben. Und genau das macht es so furchtbar. Genau das macht diese Sache noch grauenvoller.

„Wie lange?", fragt sie, schluchzt so laut, dass der Boden zu vibrieren scheint.

„Das ist nicht wichtig", antwortet Elijah.

„Das ist nicht wichtig?", schreit sie, tritt ihm so nah, dass ihre ganze Energie, ihre ganze Enttäuschung und ihr Schmerz sein durchlöchertes Herz nur noch mehr aufreißen. „Das ist nicht wichtig?"

„Drei Jahre", flüstert Adeline. Er hat fast vergessen, dass sie auch noch anwesend ist. Vor wenigen Sekunde konnte er ihre Anwesenheit noch durch mehrere Wände spüren.

Zitternd und ebenfalls tränenüberströmt wagt sie es nicht, ihre Freundin direkt anzusehen. „Drei Jahre, mal öfter, mal weniger oft."

„Das gibt es nicht", Isabellas Hände krallen sich um die Cocktailgläser. „Ihr habt es drei Jahre hinter unserem Rücken miteinander getrieben. Das gibt es einfach nicht."

„Wir wollten das nicht kaputt machen." Adeline weiß, dass sie in diesem Moment nichts sagen könnte, was die Sache besser machen oder rechtfertigen würde. Alles, was sie sagen würde, wäre ein weiterer Schlag ins Gesicht.

„Ist euch prima gelungen!", Isabellas Wut gewinnt an Oberhand und sie zögert keine Sekunde, als sie Elijah mit einem Schwung die Pina Colada mitten ins Gesicht kippt, beide Gläser in die Spüle pfeffert und stolpernd das Ferienbungalow verlässt.

Das Glas zerspringt mit einem lauten Klirren, was das Klingeln in Joes Ohren nur noch verstärkt. Er kann nichts sagen und er wird nichts sagen. Das ist nicht nötig. Warum sollte er auch? Als würden Worte das ändern, was passiert ist. Nein. Joe weiß, dass es nichts mehr zu sagen gibt. Also folgt er Isabella steif, ohne die beiden anderen noch einmal eines Blickes zu würdigen.

„Fuck!", schreit Elijah und lässt seine gesunde Faust auf die

Arbeitsfläche der Küchentheke schnellen. Der sahnige Drink brennt in seinen Augen und ist süß auf seinen Lipppen.

„Ich habe es gewusst."

„Was? Was sollst du gewusst haben?", er schnappt sich das nächstbeste Handtuch und wischt sich grob im Gesicht herum, versucht den klebrigen Cocktail, die Spuren von Isabellas Wut wegzuwischen. Dann packt er sein gelbes T-Shirt, von dem er weiß, dass Isabella es hasst und welches er aus genau diesem Grunde so gern getragen hat, seine Shorts und Zigarettenschachtel.

„Was machst du?", fragt Adeline.

„An die Luft."

„Nein, warte."

„Worauf soll ich schon wieder warten, hm? Wenn es nach mir gegangen wäre, wäre das hier nie zustande gekommen! Wenn es nach mir ginge, hätten wir nie gewartet, nicht eine Sekunde. Ich hätte sie verlassen, Adeline! Sofort, als ich dich mit diesen verdammten Amaryllis im Arm in ihrem Flur habe stehen sehen - ich hätte Isabella auf den Punkt verlassen. Für dich. Für uns!"

Sie weiß nicht, was sie darauf antworten soll, aber sie weiß schon, dass er recht hat. Es ist ihre Schuld. Sie wollte nicht riskieren, Joe zu verlieren. Sie wollte nicht riskieren, Isabella zu verlieren. Und jetzt ... jetzt hat sie wohlmöglich alles verloren. Es ist ihre eigene Schuld, weil sie warten wollte. Weil sie feige war, sie wollte alles und jetzt hat sie nichts mehr.

Tränen verschleiern ihren Blick, sie taumelt in irgendein Zimmer, reißt irgendeinen Schrank auf und zieht irgendwelche Kleidung aus den Fächern, legt sich irgendein Handtuch um den Körper - oder ist es eine von Isabellas Seidentuniken? - greift instinktiv nach ihrer Tasche und folgt Elijah nach draußen.

„Du hast mit allem recht gehabt", schluchzt sie, kann noch immer nicht klar sehen, nur den roten Glimmstängel in der Dunkelheit, der weiter Richtung Meeresufer schwebt und den Geruch nach Zigarettenrauch, der sie umhüllt. Den sie nie leiden konnte, nur wenn er von Elijah kommt, riecht er nach Zuhause, nach Geborgenheit und nach Liebe.

„Natürlich habe ich das, aber das ist nicht wichtig, es ist zu spät." Seine Worte ziehen sich merkwürdig in die Länge, als würden sie in dicker Luft stecken und hätten keine Chance, sich flüssig zu entfalten.

„Was ist mit deiner Stimme los?", fragt Adeline zitternd, folgt dem rotglühenden Punkt, der stolpernd von ihr weicht, schließlich mit einem leisen Zischen im Wasser erlischt. Erst jetzt bemerkt sie, dass sie bereits knietief in den Wellen steht. Wobei die Kälte des Wassers nicht die ihres Herzens erreicht. Vielleicht fühlt sie sich auch deshalb so taub an. Vielleicht ist es ihr auch deshalb so, als stünde sie in verschlingendem Morast, der sie tiefer herunter zieht, der sie willkommen heißt und nicht mehr freigeben will. Oder vielleicht ist es auch einfach ihr Verstand, der ihr einen Streich spielt. „Elijah?", fragt sie greift ins Leere. Dunkel. Es ist so dunkel. Das Rauschen der Wellen, das Klatschen des Wassers, das ihre Waden umspült ... aber kein Elijah. Er scheint wie vom Erdboden verschluckt. „Elijah!", sie wird lauter, ihre Stimme überschlägt sich, sie fällt über einen Widerstand im Wasser und ihre Knie reißen auf an etwas Scharfem im Sand, vielleicht einer Muschel. Sie rudert mit den Armen, tastet ihre Umgebung blind ab nach dem Mann, der eben noch rauchend vor ihr herging.

Bis die Zigarette erlosch.

Ist er umgekippt? Haben die Wellen ihn zu sich genommen? Ist er bewusstlos? Kann man einfach grundlos ohnmächtig werden? Als gesunder Mensch? Vielleicht kreislaufbedingt? Elijah hatte nie Probleme mit dem Kreislauf, soweit sie wusste.

Adeline kniet im Meer, sucht das Wasser nach einem bewusstlosen Körper ab, während die Wellen höher werden.

Das kann nicht sein, es ging ihm doch gut, warum kippt er einfach um? Das ist verrückt, schießt es ihr durch den Kopf, als sie panisch bemerkt, seinen schlaffen Arm erwischt zu haben. „Oh Gott, nein! Elijah! Was ist passiert?" Mit ihrer ganzen Kraft zieht sie ihn aus dem seichten Gewässer, das viel zu ruhig zu sein scheint. Viel zu behaglich. Eine Ruhe vor dem Sturm. Gerade so schafft sie es, das Gewicht seines Körpers ans Ufer zu ziehen. Es zu dunkel, als dass sie etwas hätte erkennen können. Zum Beispiel ein blau angelaufenes Gesicht, weil er droht zu ersticken. Oder eine Platzwunde am Kopf, weshalb er hätte bewusstlos werden können.

Schluchzend reißt sie sich ihre kleine Umhängetasche von der Schulter, in der sie seit Beginn des Urlaubs Elijah und ihr Handy mit sich herumschleppt. Er hatte ihr seines anvertraut, da seine Shortstasche unten aufgerissen ist und er nicht riskieren wollte, das Telefon zu verlieren. Also hat sie es an sich genommen. In die kleine Umhängetasche gesteckt, die so hübsch ist. Korbmuster und mit winzigen Muscheln verziert. Sie ist wirklich hübsch. Warum ihr genau dieser nichtige Gedanken in einer so furchtbaren Situation kommt, ist ihr nicht klar. Warum sie nicht versucht, nach seinem Puls zu fühlen, ihn in eine stabile Seitenlage zu bringen oder irgendetwas anderes zu tun, um erste Hilfe zu leisten, ist ihr noch unklarer. Sie ist völlig durcheinander, kann keinen klaren Gedanken formen, wühlt nur unaufhörlich nach ihrem Handy. „Verdammte Scheiße, so eine Scheiße, so eine verfluchte Scheiße!", schreit sie, doch ihre Stimme ist so dünn, dass sie wie Schmetterlingsflügel durch jeden geringsten Widerstand hätte zerreissen können, so dünn, dass sie nicht einmal die offene Tür des Ferienbungalow erreicht hätte, als sie nach Isabella und Joe ruft.

Natürlich antwortet niemand. Natürlich bleibt ihr Ruf erfolglos und natürlich ist ihr Handyakku leer. Wütend pfeffert sie es auf den Boden, es versinkt sofort bis zur Hälfte im weichen Sand. Elijahs Telefon ist zwar noch bis zur Hälfte aufgeladen, aber der Empfang ist so schlecht, dass immer nur kurz ein Strich erscheint, nur um direkt danach wieder zu erlöschen. Sie wählt den Notruf, bekommt sogar ein Freizeichen, doch als gerade jemand abheben will, stottert und rauscht es in der Leitung, die Verbindung bricht und der letzte Strich ist verschwunden, genauso wie ihre Hoffnung auf Hilfe. „Nein!", schreit sie, wirft das Handy raus aufs Meer und gibt einen hohen Laut von sich, was ihre Angst und Wut auf die sogenannte moderne Technik auch nicht sonderlich mindert. Sie hockt sich neben Elijah, nimmt sein Gesicht in beide Hände, ihre Tränen tropfen auf seine Wangen. „Halte durch, bitte halte durch!" Mit großen Sprüngen überquert sie das schmale Stück Strand bis zum Haus, erspäht Isabellas Strandtasche und wirft sich neben sie auf die harten Fliesen. Sie packt das Ding an den unteren Ecken und schüttelt den Inhalt vor sich aus, sucht nach ihrem iPhone, doch es ist nicht hier. Sie muss es bei sich tragen. Natürlich trägt sie es bei sich. Natürlich.

In diesem Moment hasst Adeline ihre Freundin. Sie hasst sie aus tiefstem Herzen. Was völlig sinnlos und dumm ist und obwohl sie weiß, dass es andersherum berechtigt ist. Aber sie hasst sie, weil sie ihr Telefon immer bei sich trägt. Sie hasst sie, weil sie ist, wie sie ist, weil wenn sie in diesem Moment auch nur etwas mehr planlos und weniger sie selbst gewesen wäre, wenn sie ihr Handy im Bungalow vergessen hätte ... Vielleicht eine Chance bestünde, den Notruf zu verständigen.

Beinahe rutscht Adeline auf ihrem eigenen Blut aus, was aus den Wunden an ihren Knien schießt, die Schnitte sind tiefer, als sie sich anfühlen, das Blut ist heißer auf ihrer Haut, als es sein dürfte. Es kocht, es brennt, oder sind es die Wunden, die vom Salzwasser brennen? Sie weiß es nicht und es ist ihr egal. Sie hinterlässt eine Spur Rot hinter sich, zusammen mit dem Fetzen Stoff, welches ihr vom Körper gerutscht ist, sie rennt die Stufen der Veranda herunter, stürmt zum Meeresufer und bemerkt grauenvolles.

Das Ufer ist näher gekommen. Die Ränder der Wellen sind näher gekommen. Das Stück Sand ist schmaler geworden.

Die Flut. Die verdammte Flut. Sie hat ihn geholt. Sie hat Elijah. Er ist weg. Elijah. Ist. Weg.

Es ist, als habe man Adeline gerade in den Sand gerammt, als gäbe es keine Möglichkeit für sie, sich zu bewegen. Sie steckt fest. Sie ist wie eingefroren. Ihre Beine brennen und sind heiß von ihrem eigenen Blut und zeitgleich so kalt und taub, als steckten sie bis zur Hüfte im feuchten Sand, der sich enger und enger zuzieht und sie von ihrem restlichen Körper trennt.

Wenn sie sich jemals mit Elijah lebendig gefühlt hat, wenn sie jemals pure Leidenschaft und Freude spüren durfte, wenn sie jemals das Gefühl vollkommenen Glücks fühlen durfte, dann ist dies jetzt gegenteilig eingetroffen. Der Blizzard endloser Kälte und Hilflosigkeit trifft sie wie ein Schlag. Ohne darüber nach zu denken stürmt sie in die Wellen, wirft sich gegen die Fluten. Immer und immer wieder schließen sich die Wassermassen über ihrem Kopf, drohen sie zu ersticken, und es ist ihr egal, denn sie fühlt sich innerlich schon wie tot. Sie fühlt sich schon wie erstickt, seitdem sie Elijahs schlaffen Körper aus dem Wasser gezogen hat, nur um ihn kurz darauf wieder zu verlieren. Verlieren ... kann man etwas verlieren, was einem nie gehört hat?

Wie durch ein Wunder stoßen ihre beiden kalten Körper schließlich erneut gegeneinander, seine Haut ist kälter als das Wasser und Adeline hat keine Chance, ihr und sein Gewicht gegen die Wellen des Atlantiks zu stemmen. Sie hat keine Chance. Es ist vorbei. Erstickte Schluchzer entweichen ihrer Kehle, sie klammert sich um seinen Oberkörper, schlingt ihre Beine um ihn, vergräbt ihr Gesicht an seiner Halsbeuge. Und sie sinken. Das schwarze Tief des Meeres giert nach ihrem Fleisch, giert nach ihrer Wärme, nimmt sie in sich auf und lässt sie nicht mehr los. In seiner eisigen Umarmung zieht der Ozean die beiden Körper immer näher in Richtung seines Herzens.

Und Adeline weiß, Elijahs Herz in seiner Brust, das Pochen, welches immer stiller wird, das ihre einzige Orientierungsquelle im Schwarz des Meeres bietet, ist dabei vollends zu verstummen. Und ihres wird es ihm gleich tun.

Tetrodotoxin

Eternal silence of the sea
I'm breathing
Alive.

Alan Walker

E L I J A H

Farbenspiele hinter geschlossenen Augenlidern machen mich krank. Ich weiß, es ist nicht leicht zu beschreiben, aber diese Punkte, Wellen und Striche ... Dunkelrot, leuchtendes gelb, wechselnd und sprühend wie Funken.

Ich kann nicht anders, ich muss die Augen öffnen.

Die Helligkeit spaltet nahezu meinen Schädel, stöhnend will ich mich unter diesem furchtbar gleißenden Licht winden, will mir die Bettdecke über den Kopf ziehen, die Augen wieder schließen, doch nichts davon macht mein Körper mit. Nichts davon, nicht einmal ein kleines Zucken gestatten meine schweren Glieder.

Und dann, es ist, als habe man mir eine heilende Brise geschickt, die in jede meiner Poren dringt, vernehme ich ihre Stimme durch die Mauer aus grellem Licht und schmerzenden Körperteilen.

„El, oh mein Gott, Elijah", sie klingt schwach und zitternd, irgendwie erkennt man sie kaum wieder. Jeder andere hätte sie vermutlich nicht erkannt, jeder andere, außer mir. Ich, der ihre Stimme selbst hört, wenn sie nicht spricht, würde sie immer und überall erkennen. Etwas Kühles legt sich auf meine Hand und ich brauche eine gefühlte Ewigkeit um zu realisieren, dass es ihre Lippen sind, die auf meinem Handrücken liegen, immer wieder gibt sie federleichte, eiskalte Küsse auf meine Haut und das reicht aus, um meinen Verstand vollends aufklaren zu lassen.

140

Ich sehe sie, in einem dünnen Krankenhaushemdchen neben mir auf einem sperrigen Holzstuhl sitzen.

Krankenhaus ... Verdammt.

Nackte Arme und Beine, ihre wunderschönen Sommersprossen leuchtender denn je unter dünner Haut, auf den zarten Wangen, die Locken widerspenstiger denn je, umrahmen ungekämmt ihr Gesicht. Sie ist schön, sie ist so gottverdammt schön. Die dunklen Ringe unter den türkisen Augen ändern nichts daran.

„Was ...", krächze ich und sie schüttelt langsam den Kopf, drückt meine Hand und legt sie an ihre Wange, wobei sie die Augen schließt. „Scht, ist schon in Ordnung, du musst nichts sagen, das kostet nur unnötig Kraft", flüstert sie. Kraft könnte sie wohl auch gebrauchen, sie sieht aus, als habe man alles Leben aus ihr gesaugt und eine Hülle purer Hilflosigkeit hinterlassen. „Ich kann nicht glauben, dass du wach bist, endlich, oh Gott." Winzig kleine Tränen bilden sich an den Innenwinkeln ihrer geröteten Augen. „Ich kann es nicht glauben."

„Miss Weiß?", eine kleine Krankenschwester vermutlich spanischer Herkunft steht im Türrahmen. Moment ... Spanisch? Mein Schädel brummt, Erinnerungen wollen sich aus einem Knäul angestauter Wut, Hass, Leidenschaft lösen, doch eine Blockade lässt keinen klaren Gedanken zu. Eine Blockade, die mich vermutlich davor schützen will, zu verstehen, was hier vor sich geht.

„He just woke up", sagt Ady schluchzend mit ihrem furchtbar schlechten Englisch, bei dem sie sich absichtlich nicht um die korrekte Aussprache schert. Ich muss fast lächeln, doch meine Lippen sind so trocken, die Haut spannt unangenehm und fühlt sich an, als würde sie bei der kleinsten Bewegung zerbröseln.

„Ich hole Arzt." Die Krankenschwester wendet sich ruckartig ab.

„Oh, sie spricht deutsch." Nachdenklich nimmt Adeline ihre Unterlippe zwischen die Zähne.

„Was ...", wiederhole ich.

„Später, Elijah, später. Du musst dich ausruhen." Sie schaut sich hektisch im Raum um, steht viel zu schnell auf und wankt zu einem winzigen Tisch, der vor einem winzigen Fenster steht. Mit zitternden Händen gießt sie etwas Wasser in einen Plastikbecher. Ich fürchte schon, sie wird der Länge nach hinfliegen, als sie unbeholfen einen Fuß vor den anderen setzt und sich sichtlich unnatürlich stark drauf konzentrieren muss, den Becher gerade zu halten, bevor sie mein Bett erreicht und mir den Strohhalm vor die Nase hält. Dankbar will ich nach dem Becher greifen, doch meine Hand tut nicht das, was sie soll. Also versuche ich einfach den Strohhalm mit den Lippen zu fangen, trinke gierig das kalte Wasser mit wenigen Schlucken aus. Es bewirkt Wunder, ich fühle mich sofort wie belebt und neu aufgeladen. Meine Lippen sind zwar noch trocken und heiß, aber ich habe nicht mehr das Gefühl, Staub geschluckt zu haben. „Danke", krächze ich, ziehe die Mundwinkel leicht hoch, was sie einreißen lässt. Das Brennen wird wieder stärker, aber es ist mir egal, denn Ad lächelt zurück. Für Ads Lächeln nehme ich jedes Brennen in Kauf. Nichts gibt mit mehr Kraft. Mehr Hoffnung.

„Was ist passiert?", frage ich, obwohl ein aufgesetzt strenger Ausdruck über Adelines bleiches Gesicht huscht, wobei sich ihre Stirn zwischen den Augenbrauen kräuselt. Schon klar, ich sollte nicht sprechen. Mein Hals fühlt sich an, als wäre er von innen geschreddert. Aber ich muss endlich wissen, was hier los ist. Warum zum Henker sieht mein Mädchen aus, als wäre sie beinahe gestorben? Ihre Miene wird weich und sie greift steif erneut nach meiner Hand. „Ich weiß nicht, wo ich anfangen soll."

„Ich erinnere mich nicht ... Ich meine, was wirklich passiert ist ... und was ...", flüstere ich angestrengt.

„Was wirklich passiert ist und was nur in unseren Köpfen stattgefunden hat?" Ihre Augen leuchten, als sie realisiert, dass es mir wohl ähnlich ergeht wie ihr. „So ein Bockmist, ich bin selbst noch nicht sicher."

Ich grinse. „*Bockmist*?"

„Scht. Halt die Klappe, jetzt ist nicht der richtige Zeitpunkt sich über meine Art zu fluchen lustig zu machen." Ihr Ton ist hart, aber sie muss ebenfalls grinsen und schüttelt leicht den Kopf. „Du hast Glück, dass du fast gestorben bist und ich so froh bin, dass es dir gut geht. Sonst würde ich dir jetzt eine kleben."

„Würdest du nicht", erwidere ich neckend, will ihre Hand drücken, aber meine Finger sind einfach zu steif. Was ist nur mit mir passiert? Ich erinnere mich an ... Dunkelheit. Dunkelheit, Kälte, das Gefühl erdrückt zu werden.

„Und wie ich das würde." Sie flüstert so leise, so nah, legt ihren Kopf auf meine Brust und ich will ihren Geruch in mir aufnehmen. Aber sie duftet nicht nach Adeline. Sie riecht nach Krankenhaus, Angstschweiß und Desinfektionsmittel. Aber das juckt mich nicht. Ich bin einfach so froh, so unendlich erleichtert, dass ich ihre Nähe spüren darf. Dass sie bei mir ist. Alles andere ist nicht wichtig. Bedeutungslos. Sinnlos.

Es war alles sinnlos, bevor ich mir eingestanden habe, sie zu lieben. Wow, das tatsächlich zu denken, ist heftig. Wie es wohl sein muss, die drei Worte auszusprechen?

„Sind wir tot?", frage ich, wobei ich eigentlich vorhatte, andere drei Worte auszusprechen, aber irgendwie sind sie mir stattdessen diese über die Lippen gerutscht. Ich wünschte in dem Moment, Adeline hätte mir tatsächlich eine geklebt. Verdient wäre es. Sie zuckt kaum merklich zusammen, wagt es nicht, mir in die Augen zu sehen, sondern vergräbt ihr Gesicht in meiner Halsbeuge. „Ich meine ... ich glaube ... wir haben uns das in den letzten Tagen sehr oft gefragt, oder?", füge ich leise hinzu.

Sie seufzt, richtet sich langsam auf und macht keine Anstalten, sich das rotblonde Haar aus dem Gesicht zu streichen, welches ihr nun wirr in der Stirn hängt. „Du hast es auch erlebt, oder?" Ihre Unterlippe zittert und ihre Augen werden glasig. „Du warst auch ... *dort.*"

„Ich weiß nicht, was du meinst ..."

„Elijah, wir lagen vier Tage im Koma. Alles, was du meinst nach dem fünften Juli erlebt zu haben, ist nicht wirklich passiert."

Mir wird schummrig, und läge ich nicht schon, wäre ich umgekippt. In meinem Kopf dreht sich alles und ich lasse ihn schwer ins Kissen sinken. „Was zum ..."

„Wir wären beinahe ertrunken. Eine Urlauberin hat meine Schreie gehört und die Küstenwache gerufen. Mich konnten sie schnell wiederbeleben, aber du ...", sie stutzt und weicht meinen Blicken aus, „du warst tot. Sechzehn Minuten lang. Sie dachten, sie hätten dich verloren." Ihr herzzerreißender Schluchzer bohrt sich wie eine fiese, scharfe, Widerhaken besetzte Klinge in mein Herz. Ich will sie anfassen, will sie greifen, sie an mich drücken und sie halten, aber ich kann mich noch immer nicht rühren. Ihre Schluchzer werden lauter, ich kann sie kaum noch verstehen, als sie weiter spricht: „Es war versuchter Mord. Jemand hat versucht, dich zu töten, Elijah."

In diesem Moment schießen mir Erinnerungsfetzen durch den Geist, klaren einen Nebel auf, der meinen Verstand manipuliert hat. Die bittere Wahrheit bricht in dicken, Schaden bringenden Felsbrocken über meinem Schädel zusammen. Ich weiß wieder genau, was passiert ist. Ich weiß wieder genau, wie ich mich gefühlt habe, nachdem Isabella mir ihren Drink ins Gesicht gekippt hat. Nachdem ich mir wie automatisch das klebrige Zeug mit der Zunge von den Lippen geleckt habe.

Gift. Die Schlampe hat mich vergiftet. Das würde aber bedeuten, dass ...

„Sie haben es gewusst", schluchzt Ads, zieht ihre Hand zurück und steht wackelig auf. „Sie haben es schon eine Ewigkeit lang gewusst, das von uns beiden. Sie wollten es genauso wenig kaputt machen, wie wir. Es war alles nur Schein, verstehst du? Es war alles aufgesetzt, nichts an diesen Freundschaften war mehr echt."

„Isabella hat ...", will ich sagen, doch mir kommt jemand zuvor.

„Sie sitzt in Deutschland in U-Haft. Man hat ein paralysierendes Nervengift in ihrer Tasche gefunden."

Wir beide zucken zusammen, unsere Nerven sind aufs höchste gespannt, in meinen Ohren rauscht es vor Wut. Die klare Stimme, die von der Eingangstür kommt, ist mir viel zu vertraut.

„Joe?", platzt es aus Adeline heraus. Ihre Tränen sind schlagartig versiegt und sie starrt ihren Ex einfach nur an, der mit seinen Engelslöckchen, den beigen Shorts und dem üblen Polohemd aussieht, wie das Muttersöhnchen des Jahres. „Ich dachte, du wärst …"

„In Deutschland?" Er zuckt die Schultern, betritt das Zimmer und schließt sorgfältig die Tür hinter sich. „Wie könnte ich, wenn ich doch weiß, dass meine Freundin in Spanien im Krankenhaus festsitzt?"

Überrascht ziehe ich beide Augenbrauen hoch. Dass Joe lammfromm ist wusste ich. Aber dass er ihr so schnell diesen heftigen Betrug verzeihen kann ... das hätte ich nicht erwartet. Vermutlich hat er bloß ein schlechtes Gewissen, weil sie fast gestorben wäre. Mich würdigt er übrigens keines Blickes. Er betrachtet bloß Adeline, sein Gesicht leer und unergründlich.

„Joe ...", haucht Adeline und geht einen kleinen Schritt um mein Bett auf ihn zu. Er zuckt nicht einmal mit der Wimper. Starrt sie einfach an. Irgendetwas ist hier faul.

„Hey Mann", werfe ich ein, doch er regt sich immer noch nicht, die Hände in den Hosentaschen vergraben.

„Sie studiert Medizin, da kommt man wohl leicht an ein solch starkes Gift heran", sagt er jetzt, ohne zu blinzeln. „Es steckte mit dem Verschluss nach unten im rechten Seitenfach ihrer Korbtasche. Rechts, wenn man von Zugrichtung des Reißverschlusses ausgeht. Das Fläschchen ist aus dunkelbraunem Glas, ohne Etikett, zum Tropfen. Mit Pipette."

Ich weiß nicht, was es ist. Ob es an seinem starren Blick liegt, dem leichten Zittern seiner Hände, welches er dadurch kaschieren will, indem er sie zu Fäusten geballt in den Hosentaschen hält. Oder die detailgenaue Beschreibung des Giftes in Isabellas Strandtasche. Vielleicht auch die Tatsache, dass Adeline die Luft angehalten hat und wie unter Schock von ihrem Ex zu mir schaut, als würde sie mir stumm etwas mitteilen wollen.

Doch ich schalte zu spät.

Selbst wenn ich es früher bemerkt hätte, ich hätte nichts tun können. Ich hätte nur daliegen können, als wäre ich unter Treibsand geraten. Als steckte ich bis zum Hals in irgendeinem, nach Schwefel stinkendem Morast.

Ich kann nichts tun, als der liebe, niedliche Joe, mit dem Blick eines Golden Retrievers und dem Auftreten eines Engels mit drei großen Schritten hinter Adeline steht und ihr eine Spritze an die Kehle hält.

***

ADELINE

Ich wusste es, als er ihre Tasche erwähnte. In ihrer Tasche war nichts zu finden, was einer Giftflasche auch nur ansatzweise ähnlich sah. Das kann ich mit Sicherheit sagen, ich habe sie schließlich mehrmals durchwühlt, um nach einem Handy zu sehen. Und besagte Tasche hat zwar zwei Innenfächer, aber diese lassen sich nicht mit einem Reißverschluss verschließen, weshalb das Fläschchen hätte herausfallen müssen, als ich das ganze Ding umgedreht und ausgeschüttelt habe.

Nein, eigentlich wusste ich es schon, als er das Zimmer betreten hat, und mich mit diesem Blick ansah. Ich kenne Joe und ich kenne jeden seiner Gesichtsausdrücke. Er kann nämlich nicht so viele. Er ist nicht so vielschichtig. Er kann traurig aussehen, oder fröhlich. Selten wütend und oft höflich lächelnd. Aber noch nie habe ich diesen Gesichtsausdruck auch nur in irgendeiner Art an ihm gesehen. Angestrengt, keine Gefühlsregung zuzulassen. Angestrengt, undurchdringlich auszusehen.

Oder wusste ich es vielleicht bereits, als man mir sagte, dass Elijah vergiftet wurde und wir deshalb fast ertrunken wären? An ein solch starkes Gift gelangt keine Medizinstudentin im dritten Jahr. Viel eher der Sohn eines Pharmazeuten …

Elijahs Muskeln haben sich so stark verkrampft, selbst wenn ich versucht hätte, mich allein an die Wasseroberfläche zurück zu kämpfen, hatte ich es mit großer Wahrscheinlichkeit nicht geschafft, mich von seinen Gliedmaßen zu befreien, die er wie

146

Tentakel um meinen Körper geschlungen hatte.

Aber das spielt keine Rolle.

Hätte, wäre, können.

Ich wollte nicht. Ich wollte nicht ohne ihn zurück an die Oberfläche. Ich wollte nicht allein wieder atmen können, wollte nicht allein ans Ufer zurück, wollte nicht allein leben. Ich wollte es nicht. Es spielt keine Rolle, ob ich es theoretisch gekonnt hätte. Das klingt vielleicht dramatisch und bescheuert und unter keinen Umständen rational, aber so ist es nun einmal und ich habe keine Lust, mir das Gegenteil einzureden.

Ein ersticktes Lachen entfährt mir, etwas verzweifelt und ziemlich hysterisch, als die Nadelspitze wenige Millimeter unter meine Haut dringt. Es brennt und sticht, aber ich spüre schon bald nichts mehr, nehme dieses oberflächliche Gefühl gar nicht mehr wahr, als wäre es nicht mein Hals, in dem Joe gerade herumstochert, sondern der einer Hülle, die schon vor vielen Tagen aufgehört hat zu leben.

Elijah spannt sich so stark an, dass die Vene an seinem Hals aussieht, als würde sie gleich platzen.

„Schon Scheiße, wenn man nichts tun kann, oder *Kumpel?*", fragt Joe zwischen zusammen gebissenen Zähnen. „Wenn man nur zusehen kann, wie das Mädchen das man liebt sich Tag für Tag stärker in den besten Freund verliebt, aber man genau weiß, sollte man endlich die Eier haben, etwas zu sagen ... Sollte man es endlich ansprechen, sollte man endlich nach einer verfickten Erklärung verlangen, die einem verfickt nochmal zusteht ... Dass man sie dann endgültig und sofort verlieren würde."

Elijah will etwas sagen, seine Knie zittern wie Espenlaub unter seiner Bettdecke. Joe kommt ihm erneut zuvor: „Tetrodotoxin. Das Gift von Kugelfischen." Er zieht die Spritze zurück und ich bemerke, dass er die farblose Flüssigkeit noch nicht herausgedrückt hat. Trotzdem ist die Spitze der Nadel rot von meinem Blut und es läuft mir langsam und kochend heiß das Schlüsselbein herunter. „Ich hätte wissen müssen, dass es nicht reicht, es dir ins Getränk zu mischen, Elijah", sagt er ruhig, drückt mich enger an seine Brust und ich atme zischend aus. „Seine Wirkung ist erst hundertprozentig zuverlässig, wenn man es intravenös injiziert. Das wüsstest du natürlich, wenn du wie Isabella und ich etwas vernünftiges studiert hättest, anstatt nur Bilder zu malen und dich von Luft und Liebe zu ernähren." Er lacht höhnisch auf. „Chemie ist etwas Schönes. Da gelingt es mir schon, dieses Zeug aufzutreiben und dann gehörst ausgerechnet du zu einem der Menschen, der selbst solch starkem Nervengift nicht erliegt. Natürlich nicht, der starke, heiße Elijah stirbt nicht einmal an Atemlähmung. Selbst dann nicht, als er wie bekloppt ins Meer stürzt und eigentlich hätte ertrinken müssen, dann hätte sich das mit dem unterdosiertem Gift gleich erledigt." Er zuckt die Schultern, wobei die Spritze meinem Auge gefährlich nahe kommt. Ich weiche zurück und Joe quetscht mich so stark um den Brustkorb, dass ich kaum mehr Luft bekomme. „Wie kann es sein, dass ein einzelner Mann *so-viel-Glück* hat?", brüllt er und ich kann ihn zwar nicht ansehen, da er hinter mir steht, doch ich weiß genau, dass sein Gesicht dunkelrot angelaufen ist. Ich habe erst einmal in unseren drei Jahren Beziehung erlebt, dass er dunkelrot vor Wut wurde. Joe wird niemals wütend. Niemals. „Du *fickst* meine Freundin, du *überlebst* TTX und willst nicht einmal ertrinken, obwohl du *gelähmt* im verdammten Atlantik untergehst?", schreit er und meine Ohren klingeln, weil seine Lippen direkt neben mir sind. „Soll ich dir mal was sagen?", fragt er, seine Stimme ist hoch und überschlägt sich fast. „Damit ist jetzt Schluss. Weil ich euch nämlich töten werde. Euch beide. Ihr werdet sterben. Hier, in diesem ranzigen kleinen Lazarett auf Fuerteventura." Er drückt die Nadel wieder an meinen Hals. „Und diesmal wird euch niemand retten. Niemand. Dafür habe ich gesorgt."

Wie sich sterben anfühlt

Under the bright
But faded lights
You set my heart on fire
Where are you now
Where are you now.

Alan Walker

ELIJAH

Ich kann nichts sagen. Wieso sollte ich auch? Es gibt nichts mehr hinzuzufügen. Joe hat im Grunde recht. Was wir getan haben, war falsch. Dass er wütend ist, rachsüchtig und mordlüstern, das kann gerade ich gut nachvollziehen.

Wanda hat Adeline und mir gezeigt, warum. Sie hat uns unsere letzte Frage beantwortet. Die Frage, warum wir sterben sollten. Sie hat uns die Wut gezeigt, die Joe fühlt, und seinen Schmerz. Sie hat uns das Leid zugefügt, welches wir ihnen zugefügt haben.

Und doch war es anders für mich. Ich dachte, Joe hätte mit Isabella geschlafen. Doch zu diesem Zeitpunkt habe ich schon Adeline geliebt. Ich war trotzdem wütend, und wie wütend ich war - selbstverständlich. In meinem Stolz verletzt und gekränkt. Aber dennoch kann ich mir nicht ansatzweise vorstellen wie es gewesen wäre, wenn ein anderer Mann mit der Frau schläft, die ich wirklich liebe. Für die ich pure, endlose und unbeschreibliche Liebe empfinde. Liebe, von der ich vorher nicht einmal wusste, dass es sie gibt. Dass es überhaupt möglich ist, einem Menschen derart alles verzehrende Gefühle entgegen bringen zu können.

Wenn ein anderer Mann mit Adeline geschlafen hätte ... Dann hätte ich wohl auch den nächstbesten Kugelfisch gemelkt und dem Kerl dessen Gift in den Arsch gerammt. Mir fallen noch mindestens zehn weitere, qualvollerer Wege ein, den Mann zu töten, der Adeline angerührt haben könnte.

Aber Joe ist anders als ich. Verdammt, ich hätte nie erwartet, dass jemand wie Joe imstande wäre, jemanden zu *töten*. „War klar, dass du Gift wählst", presse ich hervor, „Pussy."

Er starrt mich an, lodernde Flammen in seinem Blick. Flammen, von deren Existenz ich bislang nichts ahnte. „Was?", faucht er.

„Dass du ein Mörder bist ist schon schlimm genug, aber ein Feigling noch dazu ... Vergreifst dich an einer Frau während du weißt, dass ich mich nicht bewegen kann. Stellst dich mir nicht wie ein Mann." Ich weiß, ich sollte ihn nicht provozieren. Ich weiß, so funktioniert das nicht. Ich sollte ihm in den Hintern kriechen, ihm sagen, wie leid es mir täte und dass das alles niemals soweit hätte kommen dürfen. Aber ich bringe es einfach nicht über mich. „Und dann stehst du nicht einmal zu deiner Tat, sondern willst es Isabella unterschieben. Erbärmlich." Mein Unterkiefer steht so unter Spannung, dass die Muskeln unkontrolliert zucken und fast meine Zähne zum Beben bringen, also beiße ich sie zusammen, so fest ich kann. So fest es meine übrig gebliebenen Kräfte mir erlauben.

„Pass' auf, was du sagt, Elijah. Dein Höhlenmensch Gehabe hat dich noch nie weit gebracht."

„Ach, tatsächlich nicht?", will ich wissen und ignoriere Adelines warnendes, kaum merkliches Kopfschütteln. „Und dass du jetzt vor mir stehst, wie Cersei Lennister höchstpersönlich, die Giftspritze an der Kehle deiner Freundin ... denkst du, das könnte dich weiter bringen?"

Joe zieht angestrengt die Augenbrauen zusammen. Bingo. Er zögert. Ob es der Vergleich mit der Möchtegern Königin aus Game of Thrones, oder die Tatsache ist, dass ich Ady als seine Freundin bezeichne, was ihm ins Gedächtnis rufen könnte, dass er dieses Mädchen geliebt hat ... Ich weiß es nicht. Aber, Himmel, es scheint tatsächlich etwas in ihm ausgelöst zu haben. Also fahre ich fort: „Nehmen wir mal an, jemand entdeckt das Pflegepersonal, das du draußen ruhig gestellt haben musst.

Kommt hier herein gestürmt und erwischt dich mit der Spritze in der Hand. Dann ist dein Tarnmantel futsch. Dass Isabella es war, die mich vergiftet hat, glaubt dann niemand mehr. Noch hast du die Wahl, Joe. Noch kannst du dich anders entscheiden."

Adeline atmet langsam aus und ihr Gesichtsausdruck entspannt sich etwas. Sie scheint zufrieden mit dem, was ich sage.

„Das könnte dir nur so passen", erwidert Joe, doch er klingt nicht mehr ansatzweise so entschlossen wie zuvor.

„Oder du tust es tatsächlich, du ziehst es wirklich durch. Du bringst deine Freundin um und dann mich. Weißt du, wie lange es dir dann gut gehen wird? Wie lange dieses Gefühl der Wut gelindert ist? Wie lange dein Herz nicht mehr brennt, als würde es zerreißen und deine Venen nicht mehr kochen, als würde Magma durch sie fließen, statt Blut?" Ich warte geduldig, bemühe mich um einen neutralen Ton.

„Du ...", er beißt sich auf die Lippe, zieht die Spitze der Nadel wieder aus dem zarten Fleisch von Adys Kehle. Mir kommt zwar fast die Galle hoch, so sehr widert der Typ mich an, doch ich bleibe gefasst. „Ich kann dir sagen, wie lange. Genau dreißig Sekunden. Plus-minus fünf. Wenn du Glück hast 'ne Minute. Und das wars dann. Denn danach wird dein Verstand wieder klar, deine Wut verraucht. Dir wird bewusst, was du getan hast. Dass diese klitzekleine Handlung, diese winzige Millisekunde in der du getrieben warst von deiner Rachsucht, dein gesamtes Leben zerstört hat. Dass du alles verloren hast, weil die Wut dich vereinnahmt hat. Man sagt nicht umsonst, Menschen wären vom Teufel besessen, wenn sie schreckliche Taten vollbringen. Jeder von uns hat ihn. So einen Teufel, meine ich. Bei manchen ist er eben größer, und vorlauter als bei anderen. Meiner zum Beispiel ist gigantisch, er hat giftgrüne Zähne und speit Feuer. Er ist ständig in meinem Kopf, flüstert mir grauenvolle Dinge ein, wenn ich wütend werde. Er ernährt sich von Wut und wird größer, je wütender wir sind. Ich bin oft wütend, das weißt du. Mein Teufel ist gigantisch", wiederhole ich. Ich rede so schnell und ohne Luft zu holen, völlig ungewöhnlich für mich, denn auf einmal bin ich vollkommen ruhig und hochkonzentriert auf das, was ich sage. „Aber dein Teufel, Joe, er muss winzig sein. Vielleicht so groß wie eine Hummel, allerhöchstens wie eine Maus. Du bist ihm nicht verpflichtet, du musst nicht tun, was er dir sagt. Du allein kannst bestimmen, was du tust. Nimm dein Schicksal wieder selbst in die Hand und lass' nicht irgendeinen Teufel, der kleiner ist als eines deiner Eier über dein Schicksal entscheiden, Mann."

Joe schließt die Augen, sieht für den Bruchteil einer Sekunde tatsächlich aus, als würde er nachdenken, doch als er nur irre grinst und mit dem Kopf schüttelt weiß ich, dass ich nichts mehr tun kann. „Deine Metaphern waren schon immer scheiße", sagt er schlicht, rammt Adeline die Spritze bis zum Anschlag rein und drückt den gesamten Inhalt aus.

***

Ich will schreien. Will mich auf ihn stürzen und ihm sein Genick brechen. Will meine Fäuste in seiner beschissenen Fresse vergraben. Ich will seinen Schädel an der winzigen Fensterscheibe zerschmettern, sodass die Scherben seine Halsschlagader zerreißen, will dass er verblutet während ich ihm ins Gesicht spucke. Ich will in diesem Moment nichts mehr, als diesen Bastard zu Wanda ins Jenseits zu befördern. Auf dass sie ihn niemals gehen lässt.

Aber ich kann nicht. Ich starre ihn bloß an, die Frau die ich liebe liegt bereits bewusstlos, vielleicht schon tot, zu seinen Füßen. Ich habe keine Ahnung, wie dieses Gift wirkt. Wie schnell und wo. Verdammt, ich weiß es nicht. Kann ich sie noch retten? Kann irgendjemand sie noch retten?

Er wirft die leere Spritze achtlos auf den Boden und klopft sich mechanisch die Hände an der grässlichen Tennis-Golf-Bubi-Mamisöhnchen-Hose ab. Ich könnte kotzen. Mir ist speiübel, meine Atmung stockt und mir wird bereits schwindelig. Ich will nicht Luft holen. Nie wieder. „Das wirst du noch bereuen", presse ich hervor. „Es gibt jemanden da oben, der wird über dich richten, sobald du endlich den Löffel abgibst. Es gibt jemanden, der dich noch nach deinem Tod dafür bestrafen wird, was du eben getan hast. Und dann wirst du bis in alle Unendlichkeit dafür bezahlen." Ich speie ihm die Worte nur so entgegen. Wünsche ihm nichts mehr, als die pure Folter und unendliche Qualen.

Joe legt den Kopf schräg und mustert mich geduldig, tippt mit der Fußspitze auf das Linoleum und verschränkt die Arme vor seiner Hühnerbrust. „Ich bin nicht derjenige, der heute sterben wird, mein Freund."

Ich lache bitter auf. „Offensichtlich nicht. Aber dennoch wirst auch du eines schönen Tages das Zeitliche segnen. Und dann bekommst du genau das zurück, was du verdienst." Ich schicke innerlich ein Stoßgebet gen Himmel, in dem ich mir bei Wanda persönlich eine der grausamsten, einsamsten Welten für ihn wünsche, in der er für immer stecken bleibt und bis auf Ewigkeit seinen Verstand verliert. In der er jeden Tag diese Szene hier durchleben muss, und zwar aus meiner Perspektive. In der er jede Sekunde den Schmerz fühlen muss, den ich fühle. Solange, bis er daran zugrunde geht. „Du wirst dir auf Knien bettelnd diesen Moment zurück wünschen und dass du anders gehandelt hättest", rede ich weiter, halte seinen Blick, auch als er langsam auf mich zukommt. Ich habe es kaum bemerkt, sehe erst jetzt, dass mein Krankenhaushemd nass geweint ist. Wann ich das letzte mal richtig geweint habe? Wahrscheinlich noch nie. „Du wirst dir wünschen, niemals in ihr Leben getreten zu sein. Gott, du hast nicht einen ihrer Atemzüge verdient. Nicht eine Sekunde ihres Lebens, hörst du?" Jetzt schluchze ich auch noch. Diese Genugtuung wollte ich ihm nicht geben. Er soll nicht denken, ich würde wegen meines bevorstehenden Todes heulen. Der einzige Grund weshalb ich verdammt nochmal heule, ist, weil er die Frau getötet hat die mich berührt hat. Die einzige Frau auf der Welt, die mich gleichzeitig rasend vor Wut und heiß vor Leidenschaft gemacht hat. Die einzige Frau, für die ich gelogen habe, das über Jahre hinweg. Für die ich durchs Feuer gegangen wäre, hätte sie mir den Weg dort durch gezeigt. Niemals hätte ich auch nur im Ansatz ahnen können, dass mich jemand auf diese Weise erreichen könnte. Niemals.

Der Kerl, der Joes Erscheinung besitzt, aber im Grunde jemand anderes ist, getrieben von Hass und Eifersucht, kommt immer näher. Ich kann fast diese Hitze fühlen, die von ihm ausgeht. Sehe sein Herz unter dem dünnen Stoff des Shirts schlagen. Adrenalin. Er ist high davon. Ich habe Junkies gesehen, die mit ganz anderem Stoff zu Zombies wurden. Er schafft es schon mit Adrenalin. Der Typ ist nicht mehr der, der er mal war. Wird er nie wieder sein. Vielleicht ist es schon viel früher passiert, ich habe es bloß nicht bemerkt. Vielleicht war er auch schon immer ein Psychopath. Ich kann es nicht genau sagen. Denen, von denen man es am wenigsten erwartet, die sind es dann. Die nettesten, am meisten emphatisch wirkenden. Der süße Junge von nebenan, der unauffällige Mitläufer. War ja klar. Es war so klar.

Hätte ich ihn von Anfang an gesehen ... Hätte ich von Anfang an bemerkt, dass er von mir und Adeline wusste? Hätte ich es ihm ansehen können, wenn ich mehr auf ihn geachtet hätte? Er ist der, der im Hintergrund dabei ist. Den niemand so richtig wahrnimmt, über dessen Anwesenheit man sich zwar freut, aber der nichts weiter sagt, nichts weiter zur Gruppe beiträgt. Der Mann aus dem Hintergrund. Der Mann ... aus dem Hintergrund.

„Wie kommt es, dass ich es nicht bemerkt habe", flüstere ich. Mehr für mich selbst, als für ihn. Er steht jetzt unmittelbar vor mir.

„Dass du nicht bemerkt hast, dass ich es weiß? Dass du nicht bemerkt hast, wie du mir Tag für Tag mein verschissenes Herz aus der Brust geschnitten hast, wie du mir Tag für Tag auf den Eiern herumgetrampelt bist, mit jedem lüsternen Blick, den du meiner Freundin zugeworfen hast? Dass du nicht bemerkt hast, dass nicht ich der Blinde in der Runde bin, sondern du?" Er lacht bitter auf.

„Es war wegen Isabella. Neben Isabella ... du hast sie als Tarnschild benutzt. Die ganze Zeit", ich gehe nicht auf die quälenden Worte ein, die er mir an den Kopf wirft. Er hat ja recht, verdammt. Ja, er hat recht. Was soll ich sagen? Es gibt nichts mehr zu sagen. Es gibt rein gar nichts mehr zu sagen. Es ist, wie es ist. Ich bin der elende Drecksack in dieser Geschichte. Ich. Vielleicht habe ich es nicht anders verdient, als unter den Folgen von Kugelfischpisse zu verrecken. Was weiß ich.

„Ja, es war schon passend, dass sie leicht psychotische Züge hat. Dass sie die scharfsinnige Perfektionistin ist, die für eine oberflächlich heile Welt über Leichen gehen würde. Niemand würde neben ihr einen wie mich verdächtigen."

„Und jetzt sitzt sie unschuldig in U-Haft, während du hier bist und Adeline umgebracht hast", presse ich hervor. Alleine für die Tatsache, das Isabella anzutun, würde ich ihm am liebsten seine Fresse polieren. Und zwar so lange, bis er nie wieder aufsteht. „Du bist so ein gerissenes Arschloch, Joe."

„Wie du mir, so ich dir", antwortet er schlicht und zieht eine zweite Spritze mit roter Kanüle aus seiner Tasche. Mir fällt auf, dass die andere blau war. Ob das etwas zu bedeuten hat?

„Jetzt tu es endlich, na los", zische ich, halte seinem Blick stand. Seine Hand zittert leicht, die Lippen halb geöffnet und seine Haut am Hals ist gerötet. „Was? Bei Ady hat es dich doch auch keine Überwindung gekostet, beschissener Wichser", speie ich ihm entgegen.

„Halt endlich dein Maul, Elijah! Einmal in deinem Leben - kannst du das?"

„Du meinst, das letzte Mal in meinem Leben? Auf keinen Fall!" Mein Herz hämmert wie verrückt, das Rauschen in meinen Ohren ist kaum mehr erträglich. „Jetzt sieh' dich an", meine Stimme erhebt sich ganz von allein, unter normalen Umständen wäre er unter ihrer Macht zusammen gefahren. Aber da ich momentan der Loser bin, der gelähmt und im Nachthemdchen vor ihm liegt und er der Bösewicht mit der Giftspritze ist, scheint es an ihm abzuprallen. Jedenfalls fast. Seine Augenlider zucken. Er schließt die Lippen, presst sie angestrengt zusammen. Ich versuche, jede seiner Bewegungen genauestens zu verfolgen. Dieses Gefühl, als wären meine Muskeln aus Sand und als wäre es schier unmöglich, auch nur einen Arm zu heben, macht mir vollends bewusst, dass ich nicht die geringste Chance hätte, mich zu wehren. Ich bin ihm einfach nur ausgeliefert. Aber die Motivation noch wegzurennen, ist mit Adelines Tod verschwunden. Trotzdem rede ich weiter: „Du hast das erste mal in *deinem* Leben die Oberhand. Und machst trotzdem nichts draus. Ein Mädchen tötest du mit links. Bei mir zögerst du? Was bist du für ein Mann. Ich könnte kotzen."

„Erzähl du mir nichts von Männlichkeit. Betrüger."

Ich lache leise und schüttle den Kopf. Moment ... ich schüttle den Kopf? Die Bewegung ist steif und unbeholfen, aber kommt ganz automatisch. Vorsichtig bewege ich die Finger meiner rechten Hand. Die Hand, die auf der gegenüberliegenden Seite des Bettes liegt, an der er steht. Es fühlt sich mechanisch an und irgendwie unnatürlich, aber es funktioniert, obwohl sie dick einbandagiert ist. Ich mache eine lockere, sanfte Faust, öffne sie wieder, lasse Joe dabei nicht aus den Augen. Verdammte Scheiße, ja! Es klappt! Neuer Mut nimmt von mir Besitzt und eine Wachsamkeit, die meine Sinne bis ins unermessliche schärft gibt mir eine Stärke, die meinen Überlebenswillen anfeuert.

Langsam spanne ich meine Unterarmmuskeln an. Ein schmerzhafter Stich, der mir bis in die Brust schießt, lässt mich erzittern, aber es scheint mir nicht mehr völlig unmöglich, meine Arme zu heben.

„Und, Joe?", frage ich gedehnt.

„Was?", antwortet er, klopft gegen die Spritze und betrachtet sie im Tageslicht.

„Wie fühlt es sich an, wenn man ständig an allem scheitert?"

„Wovon redest du ...", doch den Satz lasse ich ihn nicht mehr zu Ende sprechen. Völlig entsetzt und überrumpelt reißt er die Augen auf und schafft es nicht, schnell genug auszuweichen. Meine Faust landet in seinem Gesicht, mit einer Kraft, die ich mir in meinem jetzigen Zustand nie zugetraut hätte. Der Schmerz, der durch meine verletzte Hand zuckt ist dumpf und absolut auszuhalten, die Prellung wird gut von dem Verband geschützt. Mit der anderen Hand packe ich nach seinem Handgelenk, er lässt die Spritze fallen und ich falle längs aus dem Bett, reiße ihn mit mir zu Boden. Irgendetwas an meiner Armbeuge

156

zieht ganz fürchterlich, der Zugang muss herausgerissen worden sein. Vermutlich habe ich noch Schläuche und Katheter an Stellen, die ich mir nicht ausmalen will. Doch alles, was ich sehe, ist rot. Hass. Sich entladende Wut. Ich fühle nichts mehr, nur noch dieses tiefsitzende Bedürfnis, diesen Menschen umzubringen. Ihm Schlimmes anzutun.

Hier ist sie also. Mordlust. Sie steckt wohl in jedem von uns. Schläft in jedem von uns. Wartet geduldig, bis sie irgendwann geweckt wird. Durch was auch immer. Die verschiedensten Dinge. Mordlust ist heiß. Und trotzdem lässt sie einen zittern. Sie ist niederschmetternd, und sie ist laut. Aber sie schleicht sich trotzdem an, sodass du sie nicht bemerkst, nichts von ihr ahnst, bis sie direkt vor dir steht und dir ins Gesicht brüllt. Bis sie dich schüttelt und dich nicht klar denken lässt. Das Tier in dir weckt, welches du Tag für Tag versteckst, in unserer sogenannten zivilisierten Welt lebend.

„*Wer* stirbt heute?", brülle ich und packe seinen Hals, schlage seinen Schädel auf den harten Boden, aus seiner Nase schießt Blut und seine Augen sind bereits gerötet, so fest packe ich seine Kehle. „Antworte mir!" Er gibt furchtbare Laute von sich, schlägt um sich, starrt ins Leere, doch nichts davon kann meinen Hass lindern. Nichts davon erweckt auch nur den Ansatz von Mitgefühl, ich empfinde absolut gar nichts, außer ... dass ich ihn verrecken sehen will. „*Antworte mir*, wer wird heute sterben?" Eigentlich dürfte ich keine Kraft haben. Nicht einmal ein Fünkchen Kraft. Nachdem Menschen im Koma lagen, sind sie nicht zu solchen Aktionen fähig. Ich kann mir selbst nicht erklären, was mir diese Energie verleiht. Was mich antreibt. Doch ein Blick auf Adelines goldrotes Haar, ihr bleiches Gesicht welches nur wenige Zentimeter vor mir auf dem Boden liegt ... beantwortet mir diese Frage.

Leider reicht diese Millisekunde der Ablenkung für Joe aus, meine doch zunehmend geschwächten Hände von seiner Kehle zu lösen. „Wenn du schon so fragst", krächzt er und schubst mich mit dem Nacken gegen die Bettkante. Ich sehe kurz Sterne und versuche angestrengt, nicht bewusstlos zu werden. „Dann würde ich sagen, dass du derjenige bist." Er tritt mir ins Gesicht und meine rechte Schläfe knallt aufs Linoleum.

Das war's jetzt also. Das ist das Ende.

Meine Sicht verschwimmt, vor mir der rötliche Haarschopf Adelines - der einzige Klecks Farbe in diesem trostlosen Krankenhauszimmer. Ich erinnere mich unwillkürlich an den ersten Moment, in dem ich sie gesehen habe. Diese strahlende Aura, in Isabellas museenhafter Wohnung, ihre farbige, funkelnde Präsenz vor dieser kahlen Wand. Es kam mir viel zu gut vor … *sie* kam mir viel zu gut vor. In meinem Leben ist nie etwas einfach nur gut gelaufen. Hätte mich auch sehr gewundert, wenn sich das allein durch unser Zusammentreffen geändert hätte.

Einmal nicht aufgepasst, eine Sekunde gezögert ... und es ist vorbei. Es ist alles vorbei. Die Zukunft, die ich in ihr gesehen habe. Unsere Zukunft. Nichtig.

Und es ist, als würde sich ihr Farbklecks aus Haaren bewegen. Als würde er vor meinen Augen hin und her tanzen. Hin ... und her ...

Auf ... und ab ...

Auf mich zu.

Wir sollten zum zweite Mal in unserem Leben gemeinsam sterben.

Eigentlich vernehme ich nichts mehr. Nichts, außer ein stetiges Klingeln vom einen ins andere Ohr, doch die gellenden Männerschreie höre ich trotzdem. Ein lautes Krachen, gefolgt von tiefen, lauten Stimmen. Dann dreht sich die Welt um sich selbst und ich habe wieder Luft. Gierig sauge ich sie in meine papierdünnen Lungen, meine Luftröhre pfeift und mein Kehlkopf fühlt sich an, als wurde er von Traktorreifen überrollt.

„Mister Granit!", jemand ruft mich, doch es fühlt sich an, als würde dieser jemand durch drei Wände brüllen. „Mister Granit!" Der Mensch, oder jedenfalls irgendeiner von den scheinbar vielen Menschen hier drin, die wie aus dem Nichts aufgetaucht sein müssen, legt mir sanft ein Kissen unter den Nacken. Seine, oder ihre Hände sind eiskalt. So kalt.

Adeline ...

„Wo …", setze ich an, doch meine Stimme ist nur ein pfeifender Laut und völlig unverständlich. Mein Hals ist zwar nicht mehr in Joes Tentakel-Griff, aber trotzdem noch wie zugeschnürt.

„Sprechen Sie besser nicht, Mister Granit, er hat sie stark gewürgt." Ein anderer Jemand leuchtet mir ins Gesicht. Es wird hell, so hell. Ich blinzele. „Die Augen bitte geöffnet lassen und dem Licht folgen." Diese Stimme klingt weitaus unfreundlicher als die erste, aber wenigstens weniger gehetzt. Und sie ist akzentfrei. „Er hat eine oberflächliche Kopfwunde und sein Zugang ist rausgerissen. Der Blasenkatheter sitzt."

Scheiße, dafür brennt mein Schwanz aber ganz schön. Das Ziehen fällt mir erst jetzt auf, wo mein Kopf im weichen Kissen liegt und meine Gefühle wieder von vollkommen betäubt zu sensibel wechseln. Meine Sicht wird klarer. Vor mir hockt eine Krankenschwester mit seidig schwarzem Haar und nussbraunen Augen. Sie ist winzig und sieht aus wie vierzehn. Aber trotzdem ist sie irgendwie heiß. Daneben ein Mann mit weißem Kittel. Ist das der nutzlose Arsch von Arzt der zulässt, dass seine Patienten im Krankenhaus überfallen und fast ermordet werden?

Moment, was heißt fast … Joe hat Adeline eine Spritze gegeben. Joe hat Adeline … getötet.

„Wir haben einen Puls!", ruft ein anderer Mann von weiter weg. Er hockt neben dem roten Haarschopf. Oh mein Gott, *was*? Einen Puls? Das heißt … „Sie lebt", bestätigt der Mann in Kittel mit zwei Fingern an ihrer Kehle. Dann gibt er eine Reihe von Anweisungen und ich kann vor Erleichterung nicht mehr atmen. Ich kann sowieso nur schwer atmen, aber die Erleichterung die mich in dieser Sekunde durchflutet schaltet alle Körperfunktionen vollends aus, euphorisiert und schüttelt mich durch, weckt mich wieder auf und paralysiert mich gleichzeitig. Ich liege stocksteif da, aus Angst, dass der Ruf des Mannes nur eine Halluzination von mir gewesen ist. „Geht es …", keuche ich, „geht es ihr gut?"

Die Krankenschwester lächelt mich einigermaßen warm an, wie es einer Krankenschwester wohl möglich ist zu lächeln, nachdem beinahe zwei ihrer Patienten drauf gegangen wären und sie nickt. Ihre Unterlippe zittert wie verrückt und Schweißperlen benetzen ihre sonnengebräunte Haut. „Sie hat mindestens einen Puls."

„*Wenigstens*, meinen Sie wohl, Miss Lopez",brummt der Oberarzt und schickt mehrere Menschen mit Adeline auf einem Rollbett aus dem Zimmer. Alles geht so schnell. Wo gehen sie hin? Was machen sie mit ihr? Und wo ist eigentlich Joe?

„Ist er stabil? Sind sie alle zwei stabil?", ein Mann mit schlechtem Deutsch und dunkler Weste betritt den Raum. Polizei. Dass die immer mindestens eine halbe Stunde zu spät kommen würde ich ihnen am liebsten an den Kopf knallen, zusammen mit meiner Faust. Wütend funkele ich den dicken Kerl an. Sportlich ist auch was anderes. Ich vermute, er hatte ein paar Männer dabei. Alleine hätte er es nicht mit Joe aufnehmen können.

„Er hat ihr etwas gespritzt, wir wissen nicht genau, was. Sie wird getestet. Aber ihr Puls ist stark. Sieht also danach aus, dass er sie nur sedieren wollte. Genau wie die Stationsschwestern draußen."

„*Nur!*", will ich schreien, es kommt aber bloß eine Art Hauchen heraus. Keiner beachtet mich. Vier Krankenpfleger haben mich inzwischen zurück ins Bett gehievt und mir wurde ein neuer Zugang gelegt. Die kleine Schwester weicht nicht von meiner Seite. „Wieso hat es so lange gedauert, bis hier jemand bemerkt hat", ich huste, „dass dieser Irre uns umbringen will?", frage ich sie. Unsicher schaut sie zu ihrem Chef, aber der redet gerade mit dem Polizisten. „Wir sind kleine Krankenhaus. Nur wenig Schwestern auf Station. Unterbesetzt. Er hat alle betäubt. Ich konnte mich rechtzeitig verstecken, in Spind."

„Das heißt, Sie haben den Notruf gewählt?"

Verlegen weicht sie meinem Blick aus und fummelt an dem Schlauch, der in meinem Arm steckt, tut so, als würde sie irgendetwas einstellen. „Ich habe Polizei gesagt."

„Gerufen", verbessert der Oberarzt wieder. „Ohne Miss Lopez wären sie jetzt tot."

„Schön!", krächze ich, so laut es mein zerquetschter Hals zulässt, „Sie sagen das, als wäre es geläufig, dass Menschen in Ihrem Krankenhaus von Psychos überfallen werden."

Perplex zieht der Arzt seine buschigen Brauen zusammen.

„Oh, er ist bei sich. Dann kann er Aussage machen?", fragt er Polizist mit graumeliertem Schnurrbart, in dem vermutlich noch Donutreste von vor drei Wochen hängen.

„Der Patient – *mein* Patient – muss seine Stimme schonen, da er vor wenigen Minuten fast *erwürgt* wurde!", zischt Miss Lopez, die mir immer sympathischer wird. So langsam scheint sie sich auch nicht mehr von dem deutschen Arzt einschüchtern zu lassen. „Er ist traumiert und geschockt! Ich rate Ihnen beiden, das Zimmer zu verlassen! Es sei denn, Sie wollen Ihre Arbeit machen, Doktor Zwicker." Sie fuchtelt wild mit den kurzen Armen umher und Doktor Zwicker will schon anmerken, es hieße nicht „traumiert" sondern „traumatisiert", denn er öffnet bereits die schmalen Lippen zum Angriff. Da gibt Miss Lopez eine Flutwelle spanischer, wütender Worte von sich und der Polizist reißt erschrocken die Augen auf. „Señora!" Streng schüttelt er den Kopf. Sie reckt trotzig das Kinn vor und fügt noch etwas hinzu, bei dem der Beamte nur noch pikiert die Lippen zusammenkneift.

„Nun gut … ich schiebe Ihr Fehlverhalten auf den Schock und lasse es einfach mal so stehen", murmelt der Doktor. „Außerdem … Die Schwester hat nicht Unrecht, Herr Granit sollte sich ausruhen und wir müssen dringend ein Kopf-CT machen." Er runzelt die Stirn und der Polizist nickt langsam. „Dann … lassen wir den Patienten sich ausruhen", erwidert der Polizist, wirft mir und der Schwester einen letzten, prüfenden Blick zu und verlässt das Zimmer.

„Danke, Doktor", flüstert die Schwester, jetzt wieder kleinlaut wie zuvor. Der schaut uns nur nacheinander an und folgt dann dem Polizisten nach Draußen.

Schweigen füllt den Raum und mit einem Mal prasseln alle Emotionen und gesammelter Schmerz an sämtlichen Körperstellen auf mich ein. „Scheiße, verdammte", keuche ich und will mir an die Kopfwunde fassen, doch Miss Lopez greift nach meinem Handgelenk. „Nicht", sagt sie streng. „Das muss desinfiziert und gereinigt werden. Ihre Hand: voller Bakterien."

„Ich weiß nicht, wie ich Ihnen je danken soll", meine Stimme bricht und ein tiefer Schluchzer rutscht mir über die Lippen. Es brennt in meiner Kehle, noch mehr als zuvor und die Anspannung bröselt langsam wie trockener Putz von mir ab. Sie hinterlässt eine Verletzlichkeit, die ich mir selbst nie eingestanden hätte, aber die ich vor der Schwester, die mein Leben gerettet hat, nicht mehr länger verbergen kann. Ich fange haltlos zu weinen an und Miss Lopez hält weiterhin meine Hand, sagt nichts, schaut mir nur ruhig in die Augen und wartet, bis ich mich wieder einigermaßen beruhige. Sie reicht mir das Glas Wasser, welches mir Adeline vorhin eingegossen hatte. Es kommt mir tagelang her vor. Adeline … sie lebt. Sie lebt. Das ist alles, was zählt.

„Ich habe Angst. Ich habe *immer noch* Angst", flüstere ich trotzdem.

„Sie werden lange Angst haben", sagt Miss Lopez. „Sie werden lange nicht schlafen können, ohne an diesen Tag zu denken und sie werden leiden, sie beide." Sie nimmt mir das Glas wieder ab, ohne meine andere Hand loszulassen. „Sie werden nie wieder ein Krankenhaus betreten, ohne an diesen Tag zu denken, und das tut mir unendlich leid." Ihr Deutsch ist auf einmal fast akzentfrei und ich sehe ihr so tief in die mandelförmigen Augen, dass ich etwas in ihnen erkennen kann, was mir bekannt vorkommt. „Es war einfach noch nicht an der Zeit für Sie beide zu sterben."

Ich kneife die Augen zusammen, versteife mich und will ihr meine Hand entziehen. „Ich hoffe Sie haben trotzdem aus Ihren Fehlern gelernt, Elijah."

„Wanda", keuche ich.

Sie lächelt, ihre roten Lippen spalten sich und zeigen schneeweiße Zähne. „Ihr Tag wird kommen, aber vorher werden Sie ein langes Leben leben, ohne diesen Fehler noch einmal zu begehen, habe ich recht?"

Ich atme zischend aus. „Sie haben recht."

„Sind sie in Frieden, Elijah?"

„Im absoluten Frieden, Wanda."

Ihr Wanda-Lächeln wird breiter und ehe ich ihr sagen kann, wie furchtbar ich sie finde, erscheint Miss Lopez besorgtes Gesicht wieder vor dem meinen. „Mister Granit? Ist alles in Ordnung?"

„Ja, alles in Ordnung", versichere ich.

„Sie haben mit sich selbst gesprochen. Ich sollte schleunigst das Kopf-CT anordnen", murmelt die Krankenschwester und wendet sich zum Gehen. „Wenn was ist, einfach klingeln.

„Klar, Wanda."

Sie dreht sich verwirrt zu mir um.

„Ich meine natürlich: Miss Lopez."

***

Sie haben an nichts mehr geglaubt. An nichts, außer an sich. Haben sich an die Vorstellung geklammert, zusammen zu sein. Das Gefühl ihrer Verbundenheit, das Gefühl dieser vollständigen und bedingungslosen Hingabe zueinander.

Sie haben gelebt, so kurz und viel zu schnell, sind den Abgründen ausgewichen und letztlich dennoch gestürzt. Sie haben bereut und sie haben gelitten, sie sind bis an ihre Grenzen gestoßen, haben sie überwunden. Viel zu weit überwunden. Sind einen, vielleicht auch zwei Schritte zu weit gegangen.

Es war ein Spiel, welches sie nicht bestimmt waren zu gewinnen. Ein Spiel, welches sie gegen sich selbst gespielt und verloren haben. Sich selbst verloren haben, in dem Glauben alles zusammen schaffen zu können.

- Adeline & Elijah -

***

Das Danach

ADELINE

Ich fahre ihm mit der Hand durch das seidige, schwarze Haar und er seufzt zufrieden. Über seine Wange, meine Fingerkuppen gleiten über den rauen Bartschatten. Er trägt ihn kürzer als damals. Seinen Bart. Aber das ist gut. Es gefällt mir. Es ist anders und es ist neu. Neues tut gut. Erst recht nach dem, was uns widerfahren ist.

Ich rette mich mit diesen neuen, kleinen Dingen. Die neuen, kleinen Erfahrungen und Erinnerungen, die wir für uns selbst in dem *Danach* schaffen, welches uns Tag für Tag herausfordert. Sie sind wunderschön, die winzigen Schritte Richtung Glück, sie lenken von dem düsteren Hintergrund ab, der uns auf skurrile weise so nah zusammen gebracht hat. Näher, als es zwei Menschen überhaupt sein können.

Ja, sie lenken davon ab, dass er fast in meinen Armen gestorben wäre. Dass ich vor seinen Augen getötet wurde und dass er noch ein weiteres Mal sterben musste, in dem Glauben, ich wäre ihm auf ewig entrissen worden.

Dass Joe mir *nur* Betäubungsmittel gespritzt hat, weil er Elijah mit dem Glauben ich sei tot hatte umbringen wollen, ist genauso grausam, als wäre ich tatsächlich gestorben. Dass Joe krank ist und nur wegen versuchter Tötung im Knast sitzt. Dass er vor Gericht aussagte, er habe nie wirklich vorgehabt, jemanden ernsthaft umzubringen ... all diese Dinge machen es nicht besser, sie ändern nichts an der Tatsache, dass Elijah und ich für immer traumarisiert sein werden. Für immer unbändige Panik bei dem Gedanken an Wasser, Krankenhäuser oder Spritzen bekommen werden. Dass, so wunderschön und pur unsere Liebe auch sein mag, sie uns gleichzeitig auch immer an die schrecklichsten Stunden unseres Lebens zurückerinnern wird. An die blanke Todesangst, an das niederschmetternde Gefühl der absoluten Hilflosigkeit.

„An was denkst du?", fragt er sanft, zieht meine Hand an seine

Lippen und küsst meine Fingerknöchel, einen nach dem anderen. Sein Kopf liegt auf meinem Schoß, während meine Füße von den eiskalten Wellen der Nordsee umspült werden. Alleine dass wir gemeinsam an einem Strand sitzen können, ist ein so großer Fortschritt, dass ich vor Stolz beinahe platzen könnte. Vor wenigen Monaten ist Elijah schon ausgeflippt, wenn er nur das Rauschen der Wellen gehört hatte. Alles, einfach alles, hat grauenhafte Flashbacks in uns hervorgerufen, hat uns an die Zeit erinnert, die niemals irgendwer nachvollziehen wird, denn diese Zeit bei Wanda hatte nur in unserer beider Köpfe stattgefunden. Offiziell schieben wir unsere Furcht vor dem Wasser darauf, dass wir beinahe ertrunken wären. Doch niemandem wird jemals bewusst sein, worauf sich unsere wahren Ängste gründen.

Und das ist okay. Wirklich. Wir brauchen niemanden. Niemanden, außer uns, mit dem wir darüber reden können. Klar, wir beide sind in psychologischer Behandlung. Doch die wahre Heilung ist die gegenseitige Kraft, die wir uns geben und das Wissen darüber, dass der andere ohne auch nur ein einziges Wort zu sagen versteht.

Verstehen und Kraft. Das sind die Schlüssel zu unserer Heilung. Wir haben noch nicht vollständig verstanden, was uns passiert ist. Wir haben noch nicht unsere vollständige Kraft zurück. Aber wir sind auch noch nicht vollständig geheilt. Deshalb bin ich auch noch die einzige von uns, die ihre Füße vom Meer verschlingen lässt. Elijah liegt etwas zurück. Wir mussten beide den Gedanken ertragen, uns zu verlieren. Aber Elijah war derjenige, der mir nicht helfen konnte. Und das wird er sich nie verzeihen.

„Ich denke an Wanda", erwidere ich ehrlich, denn er zuckt nicht mehr zusammen, wenn ich sie erwähne. Ohne mir zu antworten greift er nach meinem Nacken und zieht mich zu sich herunter. Sein Kuss ist leise und zart, er küsst bedächtiger und nicht mehr allzu forsch. Ich habe seine zornigen Küsse geliebt, aber jetzt liegt etwas Bedeutsameres in ihnen. Etwas Tiefes, Unbeschreibliches. Es ist perfekt. Er ist perfekt.

„Es ist okay, oder?", frage ich. „Daran zu denken, meine ich."

„Natürlich ist es das, Baby." Sein Lächeln geht mir bis ins Mark und seine Augen haben dieses diabolische Leuchten wieder, welches lange nach unserem Erlebnis nicht mehr vorzufinden war. „Ich denke auch oft an sie. Sie war scharf."

Ich verdrehe die Augen und schubse ihn lachend von mir. „Du bist einfach nur bescheuert, wieso liebe ich dich bloß so sehr?"

Er setzt sich auf, packt mich an den Hüften und ich schwinge ein Bein über ihn, setze mich auf seinen Schoß. Mir entgeht nicht, wie sehr er angespannt darauf achtet, dass das Wasser seine nackten Füße nicht berührt. Aber das ist okay. Er ist noch nicht soweit.

„Mir fallen spontan schon einige Dinge ein, wieso", sagt er, legt seine Stirn an meine.

„Und die wären?" Herausfordernd wackle ich mit den Augenbrauen. Er nimmt meine Unterlippe zwischen die Zähne und ein knisterndes Feuer wird in meiner Körpermitte entfacht. „Nummer eins", haucht er, „ich kann unglaublich gut küssen."

Ich stöhne leise und schmiege mich eng an ihn. „Und weiter?", verschränke meine Hände hinter seinem Nacken und drücke zu. Er atmet zischend aus, legt einen Daumen auf meine leicht geöffneten Lippen. „Nummer zwei", seine Stimme ist kehlig und ich weiß zu gut, was das bedeutet. „Ich weiß genau, was mein Mädchen braucht." Wie zur Bestätigung breitet sich eine Gänsehaut auf meinem gesamten Körper aus, was ihn selbstzufrieden grinsen lässt. „Und Nummer drei", sein Grinsen wird noch breiter, „ich bin der witzigste Kerl des Planeten und sehe dabei auch noch unverschämt gut aus."

Ich pruste, kann das darauffolgende Kichern nicht unterdrücken, auch wenn ich gewollt hätte. „Das sind sogar vier Dinge."

„Siehst du", sagt er, „ein Traummann."

„Du bist nicht lustig", will ich ernst sagen, doch meine Mundwinkel zucken unkontrolliert, wie immer, wenn er so losgelöst und in Spaßlaune ist. Der Typ ist selbst lustig, wenn er es nicht sein will und erst recht, wenn er es darauf anlegt. Ich hasse und liebe ihn dafür wie verrückt.

Seine Fröhlichkeit war lange Zeit vollkommen ausgelöscht, nachdem man uns beide damals in dem winzigen Krankenhauszimmer bewusstlos vorgefunden hatte. Joe hat fast die gesamten Pfleger der Station ruhig gestellt. Es gab nicht besonders viele Angestellte dort, Elijah nennt das Krankenhaus hinterwäldlerisch und dubios. Jetzt, wo er wieder der Alte ist, sagt er, es kam ihm dort insgesamt von vornherein *spanisch* vor. Er behauptet auch, das sei nicht rassistisch, denn die Redensart sei vollkommen okay. Ich lasse diese Aussage jedes mal unkommentiert, sage nicht, dass uns genau dasselbe auch in einem deutschen Krankenhaus hätte widerfahren können. Nun ja, ich bin wohl einfach froh, dass er mittlerweile fast darüber lachen kann.

Das Krankenhaus wurde verklagt. Hätte Joe es tatsächlich durchgezogen ... Hätte er Elijah das Gift injiziert ... Dann wäre es deren Mitschuld gewesen. Definitiv. Und ich hasse es, dass *er* sich diese Schuld zuweist. Diese Schuld, die macht ihn krank. Nicht das, was passiert ist. Nicht, dass er fast gestorben wäre. Vielleicht, dass ich fast gestorben wäre. Aber nichts ist für ihn schlimmer, als der Glaube daran, er hätte mich nicht vor Joe beschützen können.

Es hat ewig gedauert, es dauert immer noch an. Aber der Weg ist der richtige. Das zu erkennen war der wichtigste Schritt. Es kann nur besser werden. Wir machen es zusammen zu etwas Besserem.

***

ELIJAH

Ich kann nicht aufhören, ihre Lippen zu malen. Ihre Lippen, die mir nie so perfekt gelingen werden, wie sie es in der Realität sind. Die nie so saftig und voll auf Papier aussehen werden, wie sie schmecken. Der Pinsel gleitet federleicht über die Leinwand und ich starre wie hypnotisiert auf mein Werk.

„Vielleicht solltest du es aufgeben"; kichert sie und knabbert zart an meinem Hals, umarmt mich von hinten und legt ihre Wange auf meinen nackten Rücken. „Du wirst nie zufrieden sein mit den Portraits, obwohl sie perfekt sind. Ich kenne dich."

„Das Problem ist, dass *du* perfekt bist. Versuch' mal Perfektes auf Papier zu bringen", erwidere ich lächelnd, was sie mit einem leisen Schnauben quittiert. „Es ist vier Uhr morgens, warum bist du schon wach?" Ich will mich zu ihr umdrehen, doch sie greift nach meinem Handgelenk und führt den Pinsel in meiner Hand über die Farbkleckse und Strukturen, die die Umrisse ihres Gesichts andeuten.

„Man kann dich bis ins Schlafzimmer denken hören."

„Das kann nicht sein, ich denke nie beim künstlerischen Schaffen."

„Dann war es vielleicht einfach das Kratzen deines Pinsels."

Jetzt bin ich es, der ihre Hand führt, und zwar direkt zwischen meine Beine. „Das Kratzen meines Pinsels?", ziehe ich sie auf und sie kichert bei meinen Worten, wobei ihr Haar mich zwischen den Schulterblättern kitzelt. Alleine die Wärme ihres Körpers und ihr Duft lassen mich hart werden, sie greift mit genau dem richtigen Druck in die Beule unter meiner Jogginghose. Ich atme stöhnend aus, ihre Hand fährt unter den Bund der Hose. „Verdammt, Ady." Wie ich ihre Hände liebe. Weich und schmal, trotzdem mit der nötigen Kraft ... um Dinge zutun, von denen ich noch nach Ende meines Leben träumen werde.

„Komm zurück ins Bett", haucht sie und auch wenn ich sie nicht sehen kann, weiß ich genau, wie sie gerade aussieht. Ich kenne einfach jeden ihrer Gesichtsausdrücke. Aber dieser hat sich besonders in mein Gedächtnis gebrannt. Ihr vor Lust verschleierter Blick, die halb geschlossenen, türkisen Augen. Wie sie mich von unten durch ihre langen Wimpern hinweg ansieht ... vor mir kniend, mit diesen Lippen genau da, wo ich sie am liebsten habe. Ich erzittere bei den Bildern, die sich vor meinem inneren Auge abspielen, drehe mich endlich zu ihr um und sie lässt sich schon auf den Boden nieder, zieht schwungvoll meine Hose runter.

Kein Mensch auf der Welt wird jemals das in mir auslösen, wird jemals solche Gefühle in mir hervorrufen, wie sie es tut. Kein Mensch, niemand niemals.

Sie ist mein Licht, meine Heilung und mein Schmerz gleichzeitig. Wenn ich sie ansehe, sehe ich das, was wir erlebt haben, ich sehe dunkle Wassermassen, kalte Fluten und tiefe Angst. Ich sehe Erlösung und ich sehe Rettung, ich sehe sie, wie ich noch nie jemanden gesehen habe. Sie ist alles. Sie ist das Glück im Unglück. Sie ist mein Fels, hält mich über Wasser und reißt mich zeitgleich mit sich, in einen Strudel aus Leidenschaft und Liebe.

Sie erinnert mich daran, weshalb ich leben wollte. Weshalb ich kämpfen wollte, aber nicht konnte. Ich war nicht in der Lage, sie zu retten, wäre sie gestorben. Sie erinnert mich an mein Versagen und das ist die schwarze Seite unserer Beziehung. Die Seite, die uns in der Realität hält, die uns daran hindert gemeinsam abzuheben und davonzuschweben. Wir bleiben am Boden, zwischen Trümmern und Schmerz, aber das ist okay. Denn es sind unsere gemeinsamen Trümmer, unser gemeinsamer Schmerz und wir müssen damit umgehen, jeden Tag. Jeden Tag, nachdem wir gerettet wurden. Jeden Tag, nachdem wir die Überlebenden waren, die zeitgleich aus dem Koma erwacht sind und danach beinahe Mordopfer eines Irren geworden sind, den sie glaubten zu kennen.

Jeden Tag an dem wir die beiden sind, die dem Tod gleich zweimal gerade so von der Schippe gesprungen sind und trotzdem wissen, wie er aussieht. Die aus den Nachrichten, die mit den Komaträumen von denen niemand etwas weiß, aber über die alle reden. Die, die schon viel zu früh lernen mussten wie sich sterben anfühlt. Der Typ mit der panischen Angst vor dem Meer und das Mädchen, welches seitdem kein Krankenhaus mehr betreten hat.

Wir sind die beiden, die versuchen zu vergessen, die versuchen weiterzuleben. Die beiden, die das Danach zu einem besseren Davor machen.

Mehr über Charline Dreyer auf

www.charline-dreyer.jimdosite.com

Oder auf Instagram: charlined.books